ÉRASE UNA VEZ EN NUEVA ESPERANZA

Título:
Érase una vez en Nueva Esperanza

Autor:
Belisario J. Baltazar

Portada:
Belisario J. Baltazar

Dibujos:
Belisario J. Baltazar

Publicado por:

Belisario J. Baltazar, 2021
Lincoln, Nebraska 68508
Estados Unidos
www.belisariobaltazar.com

ISBN: 978-1-7339389-6-9

ÍNDICE

DEDICADO A:

Belisario Barrios, Nicolasa Ramírez, Rubén Baltázar y Virginia Gómez(QEPD) y toda mi familia entera. Son recuerdos que llevo y llevaré siempre.

PRESENTACIÓN

En las tardes de verano o de invierno, cuando el sol estaba a punto de ocultarse en medio del Tajumulco y el Tacaná, mi abuelo se sentaba alrededor del fuego, y teniendo a todos sus nietos reunidos allí en ese lugar, se ponía a contar muchas historias. Historias de las cuales, muchas aún recuerdo con claridad y otras que se han ido desvaneciendo en mi mente, pero que aún las puedo contar a mi manera. Yo aún era muy niño, pero realmente me fascinaba escucharlo.

Él hablaba de muchas cosas, cosas que a él le habían sucedido o que habían sucedido en el lugar donde él vivía actualmente o cuando él trabajaba cortando café en las fincas de un lugar llamado Santo Domingo en Tapachula, México. Además, contaba historias de algún personaje, hacía chistes o algo así. La situación era que siempre se mantenía contando una que otra historia cuando se sentaba cerca de plancha. Mientras se calentaba su cena y sus tamales, atizaba el fuego y mi abuelita preparaba su café.

A él siempre le gustó ir a dormirse muy temprano, por supuesto eso fue antes que existiera la televisión en nuestra casa, porque después de eso, se quedaba dormido mientras miraba las noticias de las 7. El siguiente día se levantaba muy de madrugada para ir a los sembrados de maíz, ya sea a trabajar en el campo, para ir a traer leña, para hacer leña, para llevar la broza de los árboles hacia las galeras de los ganados o de los caballos, con el único fin de hacer abono y poder tener lo suficiente, para sembrar el año próximo.

A mis hermanas y a mí siempre nos gustó ponerle mucha atención, aunque considero que era más a mi a quien entretenía, siempre hacía de nosotros muy entretenidos cuentos. Recuerdo que antes de la televisión, después de que terminaba de cenar, se iba al cuarto a descansar, encendía su viejo radio de baterías que había comprado hace muchos años atrás y se la pasaba escuchando noticias o canciones en la Radio Ranchera, quizá le recordaban su época de joven.

Una que otra vez me había ido con él a dormir en la casa más cercana a las galeras de las vacas, cuando una de ellas iba a parir. En ese entonces, compartimos muchas cosas más.

Mi abuelo, siempre fue una persona de mucha visión y un digno ejemplo de liderazgo en la comunidad. Gracias al trabajo de él y de los vecinos, lograron hacer de la comunidad donde viví los últimos 24 años de mi vida, un mejor lugar para vivir.

El presente libro se basa en muchas historias y cuentos que mi abuelo Belisario Barrios me contó y pensé que sería muy interesante recordar. Así mismo contiene otras historias que yo he podido percibir, y otras que han sido creadas de mi imaginación.

Muchas veces mi abuelo y mi abuelita respaldaban con historias o cuentos lo que mi madre nos aconsejaba. Muchas veces lo que ellos decían, se hacía verdad o lo podíamos comprobar de alguna manera. Quizá era mi imaginación o ellos sabían transmitir el mensaje, para que sus hijos o sus nietos se portaran muy bien, lógicamente los cuentos provocaban en los nietos la transmisión de la sabiduría de parte de ellos.

A lo largo de los años y el pasar por las generaciones, la única manera de poder transmitir la historia y acontecimientos era la manera narrativa, especialmente mis antepasados; debido a que ellos no aprendieron a leer y escribir. La tradición oral de ellos, mientras usted lee, trataré de usar las mismas palabras que ellos pronunciaban mientras me contaban las cosas.

BelitoB

LOS GEMELOS

Juan Fernando y Juan Alfonso eran dos gemelos que vivían en el lugar donde yo vivía, eran tan idénticos que al ver a uno solo, las personas juraban haber visto a Fernando, cuando en realidad era Alfonso. Las personas no podían distinguirlos el uno del otro, excepto por la pequeña cicatriz que Juan Alfonso tenía entre el labio y la nariz, se la había hecho cuando tenía apenas dos años de edad. Era tan diminuta que solo se podía distinguir cuando uno se acercaba tanto a él.

Aquella cicatriz que tenía, se la había hecho jugando con su hermano Juan Fernando. Sucedió aquella tarde, que cuando instalaron el agua potable en la aldea, algunas personas dejaron tirados restos de tubos cerca de las casas. Ellos recogieron uno de esos pedazos y los utilizaban para jugar. A él le gustaba utilizar el tubo como altavoz. Así era como Juan Alfonso le hablaba a través del tubo a su hermano para que su voz se escuchara más fuerte. Esa tarde Juan Fernando se enojó porque él no se lo prestaba y se lo empujó contra su labio haciéndole una pequeña cortada.

Mis abuelitos decían, que cada vez que uno conocía a personas que estaban criando gemelos, tenía que regalarles una moneda o un billete de un quetzal. Así mismo tenían que regalarles ropa, pero que fuera ropa idéntica. Así era como los gemelos se distinguían de las demás personas, porque cuando iban a las plazas, eran los únicos que iban combinados con la misma ropa.

A los gemelos todo mundo les tenía miedo o respeto, porque cuenta la leyenda que cuando un gemelo se molestaba con alguna persona, éste en la noche se convertía en un ratón, buscando la ropa que más le gusta a esta persona y se la desgarraba. Por lo general sólo le hacen pequeños hoyos y es principalmente a la ropa nueva o la ropa que más utiliza la persona que los ha molestado.

Cuando ellos crecieron, al mismo tiempo se fue a vivir una niña llamada Sofía, era una niña muy linda. Cuando entraron ese año a la escuela, ellos un día la estaban molestando y ella se enojó mucho con ellos.

A la mañana siguiente cuando Sofía se levantó, le dijo a su mamá que quería ponerse su vestido favorito. Ella quería ponerse aquel vestido rosadito con perlas que le habían regalado para su cumpleaños. Cuando su mamá fue a buscar el vestido que a Sofía tanto le gustaba, no lo podía encontrar, busco entre toda la ropa y no lo hallaba.

De pronto sacó toda la ropa que tenía en el ropero y encontró el vestido hasta el fondo y éste estaba todo agujereado como si hubiera sido un ratón él que lo había ido a devorar. Estaba tan horrible que ella se preguntaba el por qué el vestido de su hija estaba así. Por lo general los roperos tenían puertas que se podían cerrar y en la casa donde ellos vivían estaba muy bien cerrada. Nunca de los nuncas habían encontrado animal alguno adentro de la casa. Ella estaba muy sorprendida al ver lo que le había pasado al vestido de su hija.

Se preguntó dentro de sí misma, ¿Qué le voy a decir a mi hija ahora de su vestido? Y mientras ella estaba allí pensando, llegó Sofía a preguntarle si había encontrado su vestido y ella tuvo que decirle la verdad.

- "Un ratón se metió a la casa", dijo ella exclamando preocupación.

- "No puede ser, ¿un ratón, dónde está? Preguntó la pequeña Sofía.

- "No lo encuentro aún, lo único que vi, fue que probablemente se metió al ropero y se comió tu vestido", respondió la mamá.

- "¡No puede ser, es mi vestido favorito!" dijo Sofía llorando.

La mamá de Sofía sacó el vestido del ropero y se lo mostró. Sofía seguía llorando amargamente, porque su vestido era el más nuevo. Además sacó el resto de la ropa, porque quería encontrar el ratón que le había hecho eso al vestido de su hija. No pudo encontrarlo. Luego se acordó que en la escuela estaban estudiando unos gemelos.

Entonces la madre recordó de lo que muchas veces le contaron cuando ella era una niña, sus padres siempre le dijeron que tuviera cuidado con las personas que eran gemelas, que tratara la manera de llevarse bien con ellos y con los demás, de no hacer enojar a nadie, especialmente si no los conocía, porque no sea que fueran gemelos y se iban a comer su ropa.

Le preguntó a Sofía si ella se había peleado con los gemelos y ella le dijo que sí, porque la estaban molestando. Ahí la mamá se dio cuenta que todo lo que le decían era verdad, que los gemelos se comían la ropa que más le gustaba a las personas cuando los molestaban o se enojaban con ellos.

A partir de ese día, la mamá de Sofía le pidió de favor que no se enojara con ellos y desde ese entonces, todos los niños se hicieron amigos de los gemelos y de Sofía.

Cuando Sofía creció, la mamá le contó cosas acerca de los gemelos y ella se acordó de su vestido. Y cuando ella se fue a estudiar el nivel básico, en el instituto cuando alguien la quería molestar, le decía que ella tenía una hermana gemela pero que había fallecido. Entonces la dejaban de molestar. Quizá a los niños aquellos, también les habían contado los mismos cuentos.

Bueno, ahora ya saben que a los gemelos no los tienen que molestar, ni hacerlos enojar, porque si no se van a comer sus calzoncillos, dijo mi abuelito riéndose a carcajadas. Su risa quizá se escuchó hasta allá abajo en el campo.

Cuando conocí a personas que eran gemelos, siempre traté de llevarme bien con ellos. Casi nunca tuve problemas con nadie que no conociera, quizá iban a ser gemelos y se iban a comer mi ropa nueva.

FIN

LA MONEDA DE 5 CENTAVOS Y EL LIBRO

Cada vez que pasaba por aquel lugar, me inquietaba saber qué en aquel pequeño armario, se escondían muchos tesoros. Había quizá mucha sabiduría encerrada. Cada vez era imposible abrirla, primero, porque no era de mi propiedad, segundo, porque mi abuelo o mi abuelita siempre estaban ahí observando en que momento alguien podía acercarse a tocar eso tan valioso.

¿Pero, valioso para quién o por qué? Pasaban los días, después de aquella graduación, mi tío se había convertido en maestro, claro se hizo fiesta como en todas las graduaciones de la aldea; además él era el primer maestro en aquella comunidad tan lejana, lejana como el horizonte inalcanzable. Qué alguien fuera a estudiar, era señas de progreso para la aldea, sin carreteras, sin agua, sin luz, sin escuelas, sin maestros.

En mis momentos libres cuando me disponía a jugar con mi pelota hecha de bolsas de nailon y amarrada con pita, listo para disputar aquellos torneos mundiales, donde yo mismo era de diferentes naciones. Más de alguna vez la pelota entró por aquella puerta, la cual muchas veces sirvió de portería contraria, llegaba a tocar aquel mueble, que en silencio decía "Abre mis puertas, encontrarás un buen amigo".

Un día de tantos me dije a mi mismo, "Hoy es el día". Mientras en el patio de mi casa, se disputaba un mundial de fútbol con equipos invitados de todos los continentes, aquellos países que solo había visto en el mapa de la escuela, o quizá los había visto en algún lugar en la tabla de posiciones de algún mundial pasado. De pronto se acabó aquella ovación cuando en la semifinal la pelota entro en una habitación.

Del golpe, una de las puertas de aquel mueble se abrió, en ese momento calló al piso aquel libro. Me puse nervioso, no sabía qué hacer, no sabía en donde estaba y mi abuelita era muy cuidadosa. Ella sabía muy bien si algo en la casa hacía falta, por lo que trate de colocarlo donde mejor me pareció, a la espera que un día de esos me regañaran, lo cual nunca pasó hasta aquel día.

Nuevamente me acerqué cuidadoso, sin hacer bulla, creo que mi abuelita se había ido a traer hojas a la milpa para hacer unos chuchitos. Fue cuando tomé aquel libro, Tío Conejo y Tío Coyote, se podía leer en la portada, me senté cerca de aquel armario, comencé a leerlo, me había llamado la atención, porque en la portada estaba un coyote con su vestimenta toda rasgada y con una pizarra bajo el brazo, lo seguía un conejo.

Me entretuve tanto en los dibujos y las historias fantásticas que no me di cuenta, mi abuelo había llegado y en ese momento me quedé congelado cuando me preguntó con aquella voz tan fuerte como un trueno, ¿Qué estás haciendo aquí?

"Estoy leyendo este libro", dije con una voz entrecortada, casi se me ahogaban las palabras. Fue entonces cuando él me dijo: "Así como lo encontraste, así mismo lo dejas. Podes leer todos los libros que hay aquí, pero recordá, qué así como los encontraste, así mismo los vas a dejar".

Mi pasión por la lectura, por enterarme de cosas, fue creciendo, gracias a ello sé muchas cosas de historia, así como miré muchas fotos tan antiguas y cosas que mis tíos y mis abuelos tenían. Así fue como descubrí que mi vecino había movido sus mojones y mi abuelo nunca hizo nada por pelear esa tierra. Cuando fui un joven, entendí que mi abuelo no peleó porque pensaba: "El día que me muera no me voy a llevar esta tierra, por eso no peleo por ella."

Esa misma tarde, encontré una moneda debajo de aquel armario y la guardé dentro de el, porque desde aquel entonces aprendí, el por qué mis abuelos siempre me decían que: "lo que era mío, era mío, y lo que no era mío y estaba tirado adentro de la casa, era de alguien de la familia y que se tenía que levantar y no quedarse con ello". Además, entendía qué si el dinero no me corresponde, aunque esté tirado, lo tengo que recoger, preguntar de quién es y si en un buen tiempo alguien no lo reclama, se queda conmigo. Mi abuelita muchas veces nos hizo la prueba a todos, dejaba una ficha en su cama, en la orilla de la cama, debajo de la cama, a medio cuarto, etc. Ella siempre estuvo feliz, porque nosotros, siempre la dejamos en el mismo lugar o la levantamos y le preguntamos a ella de quien era.

FIN

EL HOYO DEL CHIVO

En la carretera que conduce del pueblo de Tejutla hacía las demás aldeas. En la ribera del río pasa dicha carretera ahora, pero hace muchos años ya, cuando aún no existían las carreteras, solo eran veredas o caminos anchos en dónde podían pasar los caballos cargados de maíz, trigo, frijol, papa o leña, que era llevado hacia el pueblo desde las aldeas.

En ese lugar había una pequeña cueva donde muchas personas había visto a un pequeño o a un gran toro, muchos dicen que sus cuernos reflejaban la luz de la luna, su pelaje era negro como la oscura noche sin luna y sin estrellas. Cuentan que los ojos eran rojos como el rescoldo.

Algunos dicen que solamente escuchaban el sonido de los cascos que provenían de aquel hoyo que estaba en el paredón formado de piedra laja. Otros contaban que lo habían mirado saliendo de aquella cueva, y que en ese mismo lugar se volvía a meter. Muchas veces contaban que lo veían salir huyendo de algo, asustando a quien caminaba por esos lugares, la mayoría coincidía que solo pasaba a mitad de la noche, cuando había luna llena o cuando alguien con mala sombra pasaba en aquel lugar o sea alguien con miedo. Esa es la razón por la cual le habían puesto el hoyo del chivo.

Mi abuelo en su época de joven, siempre fue un hombre que nunca tuvo miedo a nada, caminaba de noche. Sus padres le enseñaron a caminar de noche, siempre andaba su machete bien afilado, por cualquier cosa que le podría suceder en el camino, por si algún coyote, armadillo o cualquier otro animal tratara de asustarlo.

Era una noche de luna llena recuerda él, iba a ir a Tejutla y tenía que estar muy temprano para lo que iba a hacer. Cuenta él que aquella noche, llevaba en su mano una lámpara con baterías algo viejas, la cual ya no alumbraba muy bien. No había cerca de donde él vivía, un lugar para comprar baterías nuevas, solamente hasta el pueblo.

Salió de la casa, pensando que le aguantarían llegar hasta el pueblo, pero en eso vio que la luz de la luna alumbraba mucho mejor y se confió. Salió de su casa, como a eso de las tres de la mañana para poder caminar durante una o dos horas y llegar a tiempo.

Como siempre sus pasos eran ligeros y seguros, eso sí, cuando yo era niño, mientras yo daba 4 pasos, él daba uno. Se había colocado en el cincho el machete bien afilado y envainado, estaba muy al pendiente de lo que pasaba a su alrededor.

Durante todo el camino solo podía pensar: ¿Cómo sería si algún día por estos lugares hubiera una carretera y pudieran entrar carros por los menos muy cerca de donde vivimos?, de pronto se iba a acercando a aquel lugar al que le llamaban el hoyo del chivo, pero dijo: "son puros cuentos lo que la gente dice, aquí no sale ningún chivo o toro".

Incrédulamente, él pensaba que todo eso era mentira, que las personas decían que ahí salía un chivo solo para asustar a quienes pasaban por ahí o para que la gente no caminara de noche. De pronto escuchó mucho ruido entre la broza arriba del camino, poco a poco se iba haciendo más intenso, se oía más y más fuerte, algo iba hacia él.

Entre tanto, comenzó a sudar, sus manos mojadas y su pensamiento se nubló por un segundo, no quería pensar en lo que era aquello que él estaba escuchando y mucho menos quería llevarse la sorpresa de su vida. Entre sudor y miedo, desenvainó su machete y sólo esperò lo que viniera de allí arriba del camino.

En unos instantes, a la par de él cayó algo que sonó como una piedra enorme, no mucho se podía ver por la espesa arboleda que había allí, en ese momento él hizo un giro con su machete queriendo atacar, su lámpara se había apagado por completo y la luz de la luna apenas se colaba entre los árboles.

Al observar bien, se dio cuenta que era una armadillo, venía rodando porque se había metido dentro de su caparazón y calló al suelo, después de haber saltado el pequeño paredón, estando en el suelo, salió huyendo hacia abajo buscando el río.

Asustado y con los pies temblorosos, él siguió su camino, pero empezó a pensar que probablemente eso era lo que a la gente lo asustaba, y no necesariamente era un chivo o un toro. En unos pasos más, él estaba cerca de aquel lugar mencionado. Nuevamente escuchó un sonido como el anterior entre la broza, pero esta vez el sonido que procedía de en medio de la montaña era mucho más fuerte.

"Otro armadillo", pensó.

Entre todos los árboles logró distinguir que algo grande se movía, y mientras eso se movía, el ruido de la broza se escuchaba más y más fuerte a medida que se acercaba a él. Escuchó los pasos de alguna especie de animal de cuatro patas, se escuchaba que venía hacia él.

Él no quería asustarse, siguió pensando que era un armadillo, o quizá algún venado u otro animal", pero nunca se imaginó que sus ojos verían algo diferente.

Parado, sin poder moverse y con su machete en la mano, pudo contemplar el semblante de un toro, bufando, estaba bravo al mover su cabeza, sus cuernos reflejaban la luz de la luna. Él miró como aquel animal iba furioso y se fue encima de él. Él pudo contemplar el aire que exhalaba, caliente como humo de chimenea cuando bufaba.

Se recordó de una vez que fueron a Santo Domingo a ver una corrida de toros. Así que como pudo, se hizo un lado y con un movimiento de su machete le pegó en la cabeza, justo en medio de los cuernos y sólo miró chispas salir de su machete, reflejando el color rojo de los ojos de aquel animal.

Estaba sólo él en aquel camino, parado y sin poder moverse, aquel toro se regresó furioso, lo único que quería dice él, era matarlo o tirarlo al barranco. El chivo lo intentó llevar a la orilla del camino, donde comenzaba la ladera que llegaba hasta el río, pero él seguía tratando de pegarle con el machete.

Se recordó en aquel momento de la señal que le habían enseñado, la señal de la cruz con su mano, poniendo su pulgar encima de su dedo índice y sus demás dedos semi-empuñados. Entonces lo hizo, esperando que funcionara y milagrosamente el chivo se detuvo por unos instantes mientras él se logró mover para el centro del camino.

Después de unos instantes, el chivo se fue nuevamente contra él. Él se paró nuevamente, se puso en posición para pegarle con su machete otra vez, mientras el toro aquel corría hacia él, nuevamente él se preparaba para golpearlo en el cuello y poder matarlo o asustarlo para que se alejara de él.

Se acercó aquel toro enfurecido y se fue encima de él nuevamente. Él volvió a hacer aquella señal y en un movimiento con el machete lo golpeó tan fuerte, que solo hubo chispas otra vez.

En una tercera ocasión, aquel animal quiso volver a topearlo y él nuevamente hizo la señal milagrosa y trató de darle un golpe más fuerte. En el momento que el machete impactó la cabeza del chivo, sus cuernos del toro que brillaban y que reflejaban la luz de la luna, sacaron llamas de fuego, y sus ojos se encendieron.

Al final, el seguía haciendo la señal y con unas palabras lo retó diciéndole: "Esta vez te voy a matar", "No te tengo miedo chivo, hijo de una vaca", "me matas o te mato".

Y por una última vez, con la esperanza de matarlo y sin más miedo, sacó fuerzas desde lo más profundo de su corazón y le pegó con el machete lo más fuerte que pudo, más fuerte que cuando rajaba leña.

La cabeza del chivo sacó chispas nuevamente, se le apagaron los ojos y los cuernos, aquel animal se detuvo y se fue corriendo hacia la cueva u hoyo que era su escondite. Y al final mi abuelo pudo marcharse, aunque le temblaba todo.

Unos pasos más adelante su lámpara volvió a encender, alumbró para atrás y no miró nada. Pasando aquella montaña, ya se podían ver algunas luces en el pueblo. Aún era de madrugada y la mañana faltaba para que empezara a rayar.

Mi abuelo seguía asustado, solo siguió su camino, habiendo colocado su machete dentro de la vaina y colocándoselo nuevamente al cinturón, logró llegar a Tejutla.

Solo había una señora que empezaba de madrugada su venta de atol, tamales y arroz en leche, por lo que se fue a donde ella tenía su puesto en la calle, pidió un vaso de arroz y un pan de trigo. Así esperó a que amaneciera, compró algunas cosas e hizo sus diligencias, luego decidió regresar a su casa.

Cuando iba de regreso para la casa, ya le había pasado el susto y no se quedó con la duda, se fue a ver a aquella cueva donde él había visto que se había metido aquel animal. Cuando llegó a la entrada, sólo encontró una piedra con señas que algo o alguien le había hecho varios rayones, entonces sacó su machete y miró que el filo estaba todo doblado.

Yo siempre tuve miedo de pasar por aquel lugar. Cuando crecí y me hice un hombre trabajador, una que otra vez pasé a media noche en aquel lugar, siempre tuve miedo de encontrarme nuevamente a aquel chivo.

FIN

LA CULEBRINA

Era una tarde muy lluviosa, truenos por aquí, relámpagos por allá. Nos habían dicho que nos fuéramos para la cocina, que no nos paráramos en la puerta o cerca de la puerta, porque no sea que nos podía pegar un rayo, esa era la regla de mis abuelos cuando llovía.

Esa tarde estaba tronando muy fuerte, los relámpagos iluminaban el cielo pintado de gris y quebraban el cielo en su resplandor. "quizá estaba tronando mucho por la culebrina", dijo mi abuelita. Mi abuelo se sentó como de costumbre alrededor del fuego y como habían muchos truenos, entonces nos contó lo siguiente junto con mi abuelita.

"Desde hace mucho tiempo atrás existe o existía una serpiente tan grande y voladora, ésta se aparecía a cada cierto tiempo, quizá era cuando estaba jugando o en su época para tener más serpientes. Era tan grande que incluso se podía ver desde lejos cuando estaba volando, pero ésta solo se podía observar en tiempos de lluvia intensa, al menos eso era lo que a ellos sus antepasados le habían contado hasta ese momento.

Era en el mes de septiembre, los días eran muy lluviosos, no se sabía en qué momento el cielo se partiría en pedazos y caerían aquellos cristales mojando el suelo y convirtiendo el polvo en lodo. Estuvo soleado durante la mañana, pero se comenzó a nublar el cielo al medio día, ya para la tarde empezó a ponerse muy obscuro a tal punto que las nubes se miraban casi negras en lugar de verse grises.

Ellos fueron a entrar a sus vacas que estaban amarradas en la ciénaga, la que se encuentra abajo de la casa, las llevaron a las galeras y además entraron también el rebaño de ovejas, la cuales estaban aún siendo pastoreadas por sus dos hijos más grandes, los cuales en ese momento tenían como cuatro y seis años.

Después de eso empezaron a oír algunos truenos a lo lejos, había rayos y relámpagos que se empezaban a observar, de pronto se abrieron las puertas del cielo y empezó a llover muy fuerte, pero a medida que iba lloviendo, los rayos y los truenos se hacían cada vez más frecuentes y más intensos, ellos sabían que no podían pararse en la puerta de la casa cuando estaba lloviendo, porque tenían miedo a que un rayo les alcanzara.

Entre la intensa lluvia, los relámpagos y truenos, eran tan seguidos y era como si hubieran ido persiguiendo algo, o como si hubieran ido atacando algo. Después de unos instantes, la lluvia se calmó, pero los truenos y rayos seguían, como enfurecidos contra algo o alguien; además empezaron a escuchar qué a lo lejos, los vecinos empezaron a tronar sus aciales, tapaderas de ollas, azadones, gritaban y silbaban.

En una de tantas, los abuelos decidieron salir a la puerta, y fue así como pudieron observar a aquella gran serpiente. La culebrina, aquella de la que les habían hablado antes sus antepasados. Era muy grande que llevaba prendida a su cuerpo muchas serpientes más, hacía un chillido tan feo que asustaba, era como si un ratón hubiera estado atrapado en una trampa, los sonidos eran tan horribles, por esa razón la gente había salido a tronar sus aciales y las tapaderas de ollas de peltre o aluminio, incluso muchos usaron sus azadones y los golpearon con sus machetes.

Ellos se asustaron y corrieron a traer los aciales, aquellos artefactos con los que les pegaban o asustaban a las ovejas para que éstas hicieran caso. Los aciales estaban hechos con mecate, buscaban las hojas secas, las cortaban y las llevaban a la casa, las colocaban entre agua para que estuvieran suaves y después se tejían. Se hacía la cabeza algo gruesa y la punta muy delgada, eso hacía que al hacer cierto movimiento con las manos y el acial, éste emite un sonido como cuando truena un cohete en navidad.

Entonces empezaron a tronar sus aciales también, ayudando a las nubes y los rayos del cielo a espantar a la culebrina para que se alejara de aquel lugar. Dicen que los aciales tronaban y la gente silbaba para que aquel enorme animal se fuera. Después de unos minutos, aquel animal antiguo cruzó el cielo y las nubes la perseguían con rayos y truenos también, todos se quedaron muy asustados.

No salgan cuando esté lloviendo, puede que sea la culebrina, dijo nuevamente mi abuelo. Ésta siempre aparecerá en medio de la lluvia, llevando consigo muchas serpientes más pequeñas como si fueran sus hijos. Nunca nadie más volvió a hablar de aquella gran serpiente voladora decía mi abuelo.

Años después de que mi abuelo Belisario nos contara aquella historia de la culebrina, para un año nuevo mi abuelo Rubén, el papá de mi papá nos llevó a pasear a las tierras de un vecino, el cual era muy amigo de mi abuelo. El terreno era algo plano, por lo que nos fuimos a jugar fútbol, luego hicimos una comida de campo. Después de aquello fuimos a dar un paseo más abajo del terreno plano y mi abuelo dijo: Este es el lugar donde los señores Sánchez y yo vimos que la Culebrina vino a enterrarse.

En aquel lugar, la tierra se había partido un poco, como cuando hace un temblor muy fuerte. Se notaban muchas grietas y una pequeña cueva donde nacía un poco de agua. Aquel lugar era una ciénaga, pero mi abuelo nos contó la misma historia que el otro nos había contado.

Quizá, yo nunca logre ver a aquella serpiente, o quizá ya la mataron, pero el mundo estuvo lleno de animales increíbles. Mi abuelo ese día nos contó, cómo la gente perseguía los venados por esas llanuras. Jamás en vida había mirado o conocía los venados, solo eran seres que imaginaba por las figuras que miraba en los libros de ciencias naturales en la escuela.

FIN

CANELA, UNA YEGUA DE LA SUERTE

Don Anacleto ese domingo había ensillado a Canela, así se llamaba la yegua por su color. Era una yegua que hace más de diez años la habían comprado para el servicio de ellos. Ella era una yegua pequeña en comparación de las otras yeguas o caballos que don Anacleto había poseído.

Aquella mañana don Anacleto se había enojado mucho, porque Canela no quería dejarse ensillar, relinchaba y relinchaba, se movía de un lado a otro. Don Anacleto le había llevado un poco de maíz para que comiera, pero ni eso pudo calmarla.

Quizá ella ya estaba cansada de haberle servido tanto a don Anacleto. Cada fin de año para la época de la cosecha, Canela y Júdas acarreaban las mazorcas del plan para la casa donde vivían. Ellos eran los únicos dos caballos que tenían, los hijos de Canela, los habían vendido. Esa mañana ella ya no quería cargar más. Estaba muy vieja para eso, pero don Anacleto no podía notarlo.

El plan era el terreno donde don Anacleto y su familia sembraban maíz para el sustento de la familia. La cosecha de todo ese terreno alcanzaba para mantener a la familia por todo un año, incluso alcanzaba para vender algunos quintales.

Al fin, él pudo ponerle el arquillo y apretar la cincha. Después la soltó de donde la tenía amarrada. Se iba a subir en ella, pero algo lo detuvo. La yegua no se veía tan confiable. Entonces la dejo que ella se fuera por delante y él le iba sosteniendo el lazo o arreándola. De todas maneras, era una yegua muy obediente, aunque él ya tenía mucho tiempo que no había montado ningún caballo.

Iban hacia la carretera que quedaba a cuarenta minutos caminando. Él iba a ir a encontrar a su esposa como todos los domingos. Ella se iba con su nieto a Tejutla a comprar las verduras y lo que iban a comer durante la semana, algunos fideos, arroz o aceite, quizá pansita de ganado para hacer en recado o huesitos de res para hacer el caldo que ellos mucho degustaban una vez al mes.

Mientras don Anacleto caminaba por aquellos caminos, siempre se recordaba de aquella madrugada cuando uno de sus nietos le había robado la cartera con sus documentos. Cada vez que pasaba por aquel camino se paraba unos minutos, buscando con la esperanza de poder encontrar su billetera. Nunca la había podido hallar. Sus documentos eran muy importantes, ya que en aquella billetera iba su cédula de vecindad, que era su identificación y otros documentos que solo a él le servían.

Hace algunos dos meses atrás, don Anacleto se había levantado a las 3 de la mañana. Había preparado todo para ir a dejar a su hija ahí en aquella carretera, ella se iba a regresar para la ciudad. Unos días atrás habían llegado ella, su esposo y un su hijo, fueron a celebrar el cumpleaños de don Anacleto.

Aquel niño travieso de diez años había tomado la billetera de don Anacleto, él tenía un billete de cincuenta quetzales que su hija le había dado. Cuando empezaron a ver dónde estaba el niño, él ya se había adelantado, solo vieron la luz de una lámpara allá por el campo de fútbol. Era él quien iba corriendo.

De allí todos se fueron sin haber pensado lo peor. Don Anacleto empezó a buscar como loco su billetera y no la encontró. Él aseguraba haberla dejado en la cabecera de su cama cuando se fue a dormir. Don Anacleto decía que su nieto travieso era quien se lo había llevado, por lo que la hija de don Anacleto salió corriendo con todas sus cosas detrás de él. Lo hizo también el papá de él y don Anacleto.

La madre le gritaba que esperara, pero él no les hacía caso. Después de un kilómetro lo alcanzaron, don Anacleto empezó a preguntarle por su billetera y él no quería responder. Decía que la había dejado tirada allá arriba pero no se acordaba dónde.

Aquella mañana de domingo, él sabía que tenía que estar luego allá donde el carro dejaría a su esposa con su nieto, por lo que se apresuró, como siempre sus pasos eran gigantes. Había más señores que iban a ir a encontrar a su familia también, pero quizá ellos ya se habían adelantado o iban detrás de él.

En eso, después de unas vueltas, muy abajo de la última casa de la aldea, la yegua empezó a comportarse de una manera desesperada, empezó a jalarse más y más, don Anacleto la dejó soltar y ella se fue corriendo. Don Anacleto muy enojado agarró una vara y se fue persiguiéndola, hablándole con malas palabras. Mientras iba detrás de ella, juraba que se las iba a pagar, que le iba a dar un buen escarmiento a aquella pobre Canela.

Después de una buena persecución, Canela se detuvo en un lugar para comer un poco de zacate, era lo único que ella quería en realidad. En cuanto él la alcanzó, estaba por darle golpes a la pobrecita yegua, pero de pronto sus ojos se clavaron en un objeto extraño que estaba justo en una pata de la yegua. Era aquella billetera que por mucho tiempo estuvo buscando. Fue tanta su alegría que desde ese día no volvió a ponerle cargas pesadas a Canela, ni a pegarle cuando se le corría y la llamó "la yegua de la suerte."

Tiempo después Canela tuvo un último hijo al que le llamaron Sam, un año después dejó de cargar cosas para siempre.

FIN

LOS CHICHINGÜITZES

Aquel día estuvo muy nublado, por la tarde mi abuela había puesto una jarrilla con agua y había hecho su delicioso café, también había puesto a tostar unos tamales hechos con hoja de milpa. Mientras mi abuelo parado frente a la plancha le daba vuelta a los tamales para que se tostaran muy bien, empezó a contarnos algo que en ese momento nos pondría los pelos de punta.

Se paró a la par de la plancha, quitó su sombrero y lo puso en el clavo que estaba junto a la chimenea, en ese lugar era donde muchas veces mi abuelita colgaba sus ollas de peltre que había lavado, las cuales había utilizado para hacer el caldo de haba o el recado de mucún tierno con ejotes, etc.

Yo había agarrado una silla de la mesa y la había puesto cerca de donde se colocaba la leña en la plancha. Me había quitado mis botas de hule y puse a calentar mis pies donde se podía sentir el calor del fuego.

- "Hace el favor de atizar el fuego, ya que estas allí", me dijo mi abuelita.

Sin hacer caras, ni esperar, empujé el tizón más adentro y tomé algunos leños de los que estaban cerca de la plancha y los coloqué para que no se apagara el fuego.

Mientras hacía eso empezó a tronar, posiblemente iba a caer un buen aguacero, era de esperarlo, puesto que todo el día había estado nublado. Mi abuelo no había podido hacer mucho ese día, por tal razón tenía la energía para contarnos sus historias.

- "Hace algún tiempo muchá, cuando yo era güiro, mis papás me dijeron que tuviera mucho cuidado allá en la pajonada mientras iba a pastorear las ovejas, que no me quedara dormido y que siempre estuviera alerta y si escuchaba algún canto, me fuera de inmediato para la casa", dijo mi abuelo algo preocupado.

En ese momento yo paré bien la oreja coneja, porque cuando mi abuelo empezaba de esa manera a decir las cosas, era algo muy bueno, aterrador o un buen consejo, de esos muy buenos que nos iba a dar. Estaba mi hermana y se fue a sentar a la par de mí y a calentarse donde yo estaba.

- "Cuando empezaban los cantos entre la pajonada o ruidos extraños, nosotros nos íbamos para la casa, mi padre nos había dicho que esos que cantaban así eras los chichingüitzes. Nosotros con mi hermana nunca los conocimos, pero había personas que según, los habían visto antes y que no era buena idea que uno los viera." dijo mi abuelo.

- "Una vez, nosotros estábamos pastoreando las ovejas allá en la pajonada de la joya seca, cuando empezaron a sonar unos cantos muy bonitos entre los pajones, nosotros estábamos con mis hermanos y en eso nos fuimos a ver dónde estaban cantando, buscamos debajo de las matas de pajón, era ahí donde se escuchaba que salían los cantos, pero no pudimos ver nada. Íbamos a ver dónde, y cuándo llegábamos cerca de donde estaban, se callaban y no se escuchaba más. Después nos fuimos para la casa en la tarde, encerramos las ovejas y le contamos a papaíto, entonces él nos dijo: "Ustedes güiros, cachando están que esas cosas se los coman, porque esos animales comen gente". Añadió mi abuelita.

En ese momento como yo era muy niño, empecé a imaginar cómo serían esos animales. En eso mi abuelita agregó:

- "Después de que papaíto nos dijo eso empezó, a contarnos lo siguiente:

Una vez que yo y mis hermanos, mientras pastoreábamos nuestros rebaños de ovejas, escuchamos a unos cantos tan bonitos entre las pajonadas de allá de la joya seca. Poco a poco nos acercamos buscando quienes eran y por qué estaban cantando allí, cantaban en el idioma de nuestros antepasados, estaban cantando en idioma mam. Buscamos pajón por pajón y cuando nos acercamos a donde estaban cantando, dejaban de hacerlo. De pronto vimos un agujero debajo de un pajón, como los agujeros que hacen las tuzas, pero estos hoyos eran un poco más grandes, y cuando nos acercamos a la entrada del agujero, vimos que tenían como una puerta. Todos nos preguntamos ¿qué es esto? y nos asustamos, luego nos alejamos un poco y dejamos de hacer ruido. En ese momento comenzaron a cantar nuevamente y entonces fue de allí donde descubrimos que el sonido salía de ahí. Nos fuimos corriendo para la casa y le contamos a papá y él nos dijo que no volviéramos a pasar por allí"

Yo ya estaba muy intrigado porque hasta el momento sólo eso nos había dicho mi abuelito y mi abuelita, ninguno de ellos nos podía aclarar las cosas.

- "Después de que papaíto nos contó eso, supimos que en ese lugar vivían esos animalitos que cantaban allí, pero ¿Cómo era posible que cantaran en el idioma de nuestros antepasados? Papaíto nos había enseñado algunas palabras que a él le habían enseñado, pero no eran muchas". Dijo mi abuelita.

- "Esos animales, en realidad no eran animales", dijo mi abuelito.

Mi abuelita agregó nuevamente los siguiente:

- "Papaíto nos siguió contando:

Nosotros teníamos otros terrenos para ir a pastorear, no habíamos regresado a ese mismo lugar por varios días, pero el día que regresamos, empezamos a buscar en aquel lugar donde estaba el pajón y buscamos esos animalitos que cantaban. Alguien más los había sacado o había destruido sus cueva, porque no encontramos nada.

Al poco tiempo nos enteramos que un vecino estaba muy contento. Les contó a mis papás que había encontrado unos animalitos allá en la pajonada, eran unos animalitos que les gustaba cantar, pero que al principio no sabían que darles de comer.

Les habían dado de comer comida de la que nosotros comemos, pero ellos no se la habían comido. Les dieron verduras y nada de nada, buscaron zacate y tampoco comían. Estaban desesperados, hasta que un día mataron una oveja y les dieron un poco de carne para comer. La sorpresa fue, que el siguiente día en la mañana, cuando ellos se levantaron, en aquel lugar donde los tenían encerrados estaba lleno de lana de oveja, por lo cual ellos sacaron la lana de allí y lo llevaron a Concepción Tutuapa para vender.

Entonces así fue como descubrieron qué si les daban carne de oveja, ellos producían lana, pero algunos días después, aquellos animalitos con forma semi-humana les dijeron qué si les daban de comer carne de gente, ellos producirían oro, los señores se habían asustado tanto, pero que fue tanta la ambición que consiguieron darles de comer eso. Muy cierto el siguiente día habían encontrado oro en donde los tenían.

Desde ese entonces papaíto nos prohibió buscar a esos animales y nosotros le hicimos caso, porque según, esos señores se hicieron muy ricos, tuvieron muchas posesiones, terrenos, ovejas y vacas." dijo mi abuelita.

- "Esa vez recuerdo que nosotros los buscamos algunos días después y los encontramos, no eran animales, eran como unas personas en miniatura que medían como 10 o 15 centímetros, los vimos como cantaban y cuando yo le dije a mi hermana: "Mira como cantan", ellos repitieron lo mismo, luego yo le dije: "Mira tan chiquitos que son" y entonces ellos respondieron: "Chiquitos, pero con dientes", nos mostraron los dientes y nosotros salimos corriendo y jamás regresamos a ese lugar." dijo mi abuelo.

- Por esa razón hay que obedecer a sus padres, porque si no se les obedece, les van a salir los chichingüitzes." dijo mi abuelita.

A pesar de ser un niño, yo ya sabía dónde estaba la joya seca y a partir de allí, me dio mucho miedo aquel lugar. Cuando crecí y pasaba por aquellos lugares cuando iba a estudiar, me recordaba de lo que mis abuelos me habían contado.

"Chiquitos, pero con dientes"

FIN

EL CADEJO

Aquella mañana mi abuelo se había levantado temprano. Como de costumbre, le había ido a dejar maíz a los caballos. Eso lo hacía todas las mañanas antes de que los caballos fueran utilizados para acarrear leña, maíz u otras cosas para la casa.

Llegó muy asustado a desayunar y mi abuelita le empezó a preguntar qué era lo que tenía y yo escuché que él le dijo:

- "Otra vez el cadejo está jodiendo a las bestias".

Yo me levanté de donde estaba y le pregunté a mi abuelito que era el cadejo.

- "¡Ay! vos güiro, yo pensé que ya sabías vos." dijo él al momento que yo le pregunté.

- "Ya tiene mucho tiempo que yo no había visto que llegara a joder, pero ahora lo volvió a hacer. Algunos dicen que es un animal, pero en realidad es como entre animal y hombre," dijo él.

Eso me asustó mucho, porque yo no había escuchado del cadejo antes, al menos no sabía quién era o que era lo que hacía. Estaba muy intrigado y dispuesto a escuchar al abuelo a que me contara quién o qué era el cadejo.

- "La yegua hoy amaneció desamarrada y yo la había dejado bien amarrada ayer en la noche. Me enojé mucho porque pensé que alguien la había ido a soltar por joder". Dijo mi abuelito.

- "Qué se me hace que usted no la dejó bien amarrada", reprochó mi abuelita.

Yo no conocía a una persona que fuera tan enojado como él. Muchas veces cuando los caballos no le hacían caso o se soltaban, aunque él no los dejara bien amarrados en las estacas o en los árboles, se enojaba mucho y agarraba una vara, les pegaba o iba atrás de ellos alegando como si ellos le entendieran. Aunque si le entendían, porque hacían caso de irse para la galera o a tomar agua.

- Yo la dejé bien amarrada, pero que se me hace que fue el cadejo, porque la yegua no comió maíz. Eso significa que la yegua ya había comido toda la noche. Quién sabe si va a aguantar a trabajar, saber a dónde se la llevó el cadejo" dijo él.

Yo como cualquier otro niño, siempre tenía dudas y quería saberlo todo. Quería todo tipo de respuestas y explicaciones.

- "Hace algún tiempo atrás, el cadejo estaba molestando mucho en las galeras cercanas, todos los vecinos ya sabían que eso estaba pasando. Don Melesio fue uno de los primeros que lo vio. Él me contó que cuando él lo vio esa noche, a él le habían dado ganas de orinar, se levantó, era muy de madrugada, la luna iluminaba un poco la galera de sus animales. Escuchó como los perros estaban ladrando muy fuerte y los caballos estaban relinchando.

En eso, fue a buscar adentro de su casa la lámpara de mano que tenía y cuando salió de nuevo, prendió la lámpara y afocó hacia donde estaba la galera. Así fue como él lo vio. Estaba montado encima de una de sus yeguas, era la mejor yegua que él tenía. Estaba jugando o como decían en la aldea, la estaba amansando, para ello le estaba haciendo una trenza en la crin. Él decidió ir por una vieja escopeta que él tenía, la guardaba desde cuándo él estuvo en el ejército.

Decidió disparar, pero la escopeta no funcionó, se había quedado atorado el casquillo. Luego fue por su honda y empezó a tirarle y tutearle los perros, no le pudo pegar. Al final el cadejo como que reaccionó, se bajó de la yegua y huyó hacia el barranco más cercano.

En la mañana fue a su galera, la crin de la yegua tenía varias trenzas. Machacó cebolla y ajo y se lo colocó a todos sus caballos. Ese día la yegua estuvo muy cansada y no aguantó trabajar, además se notaba que estaba muy asustada".

Yo me había llenado de miedo y me pude imaginar que era lo que había pasado con el pobre don Melesio, después de todo yo sabía dónde vivía él.

- "Ese animal llega a una galera, a veces sólo a jugar con la crin de los caballos y yeguas, quizá es muy juguetón. Otras veces los desata, se monta en los que puede, y los saca a pasear por mucho tiempo hasta cansarlos. Luego los lleva otra vez a las galeras o los deja sueltos para que ellos coman la siembra que está cerca de las galeras.

Cada trenza que les haga a los animales, son las veces que el cadejo se monta en las noches o las veces que se ha montado. Por eso hay que cuidar mucho a los caballos y las yeguas. Hay que hacerle unos buenos nudos a los lazos cuando se vayan a amarrar en las tardes. Así también hay que ponerles ajo y cebolla entre las crines de los animales, para que el cadejo no las monte al sentir el olor." replicó mi abuelito.

Apenas aguantó la yegua con unos cuantos viajes, hizo el gran esfuerzo, quizá tenía sueño o estaba asustada, solamente que no podía hablar. Al finalizar la tarea, mi abuelito le quitó los arquillos a sus caballos y los dejó amarrados en la ciénaga que estaba abajo de la casa, cerca del campo de fútbol.

Esa tarde antes de que entrara la noche, yo me fui con mi abuelo a entrar los animales. Los desatamos y los llevamos a la galera, fue ahí donde él me mostró la trenza que tenía la yegua. Al principio pensé que él había dicho todo eso como para asustarme, y que él había sido quien le había hecho la trenza a la yegua, pero cuando me acerqué, era una trenza con poquitos pelos y toda enredada, me quedé muy asustado.

Yo iba a desatar una trenza y mi abuelo se dio cuenta a tiempo y me dijo: "No lo hagas, porque si el cadejo regresa y no mira la trenza, puede matar a la yegua, por eso solo echamos cebolla y ajo para que se espante y no vuelva a regresar".

A partir de ese momento, cada vez que me correspondía ir a amarrar los animales a las galeras, trataba de hacer un buen nudo al lazo, de manera que nadie, ni siquiera el propio cadejo podría soltar, además a cada ocho días, les untábamos ajo o cebolla en la crin de los caballos o yeguas, incluso en la cola. Porque también aquel día, en la cola tenía trenzas la yegua.

FIN

LA MUJER DEL JABÓN Y EL PEINE DE ORO

Era una madrugada muy fría de diciembre, Joel se dirigía hacia el pueblo. Había salido de su casa a eso de las dos o tres de la mañana, más o menos, eso era lo que calculaba su reloj interior. Tenía que llegar muy temprano al pueblo. En aquella época, no había carros y eran muy pocas las personas que tenían caballos, aunque para ir al pueblo, las personas preferían ir a pie. Era eso o porque muchas veces se habían robado los caballos en el pueblo, entonces él se dijo: ¿para qué arriesgar?

Esa noche caminaba pensativo, quizá por lo que tenía que ir a realizar al pueblo. La luna llena iluminaría su camino, por lo cual no encendió la vieja lámpara de baterías. Tenía que pasar por varios bosques o montañas. Podía apreciar su sombra mientras caminaba, sus pasos hacían ruido por el camino que lo llevaría hasta el pueblo. Había pasado la primera montaña, apenas se podía iluminar su camino con la luz de la luna que atravesaba las ramas de los árboles; los encinos y los robles estaban muy tupidos y eran muy altos.

Escuchó a los lejos a un tecolote en su canto nocturno, era muy común escucharlos en aquellos tiempos. Por allá a lo lejos los perros de los vecinos ladraban, quizá habían visto algo. Mientras pasaba debajo de los árboles, escuchaba el sonido de las hojas que habían caído, estaban algo secas y se quebraban bajo sus pies.

Él iba sin miedo, desde pequeño le habían enseñado a no temer en la oscuridad. Su madre le dijo que tuviera mucho cuidado porque uno nunca sabía que era lo que le podía salir o pasar en el camino, que llevara su machete y su lámpara, y que solamente los usara por necesidad.

• "Con mi machete bien afilado, no hay nadie que pueda conmigo, si tengo mi machete a mi lado", se dijo a sí mismo en su mente, mientras escuchaba el consejo de su madre.

Había pasado otro pequeño bosque cuando de pronto escuchó en la parte de arriba, algo que venía hacia abajo. Escuchó como un estruendo, como si fuera una piedra enorme la que habían dejado rodar desde arriba de la montaña, se escuchaba el sonido fuerte de la broza.

- "Tan luego ya me están asustando, yo soy hombre y los hombres no tienen miedo", dijo él, mientras empezaron a temblarle las manos para sacar su machete afilado de la vaina.

Poco a poco el sonido se hizo más fuerte, las hojas secas de los árboles en el suelo, empezaron a hacer demasiado ruido como cuando se pisan las hojas secas mientras uno corre. Se escuchaba como aquello que venía hacia abajo, se golpeaba contra los troncos de los árboles. Poco a poco, el ruido se oyó más cerca de él, sacó su machete y listo para golpear o machetear lo que vendría. Enfrente de su camino, entre-iluminado por la luz débil de la luna, cayó aquel bodoque que tanto ruido había causado. Era un armadillo del tamaño de tres gallinas juntas. Quizá no era, ni muy grande, ni muy pequeño, pero lo asustó tanto. Estos animalitos tienen la costumbre de meterse entre sus caparazón y rodar cuando quieren ir ladera abajo.

"úfale, que susto me acabo de llevar, ese armadillo, me dan ganas de hacerlo desarmadillo", pensó Joel. Se había llevado un buen susto, no había caminado tan lejos de su casa, quizá media hora, pero ya estaba preocupado, como que presentía que algo más iba a pasar. Le hacía falta cruzar un pequeño río y una ciénaga donde habían tres pozas, allí era donde las mujeres iban a lavar su ropa y se bañaban, así como también bañaban a sus hijos.

Muchas veces es muy bueno tener miedo, pero al mismo tiempo es muy bueno ser valiente para poder cruzar todos aquellos lugares llenos de leyendas y misterios.

Aquellos lugares que eran poco habitados, las casas estaban muy distanciadas las unas de las otras. Los vecinos cercanos no vivían cerca de los caminos o veredas principales, las casas de ellos estaban en las lomas o metidos entre el bosque.

Seguía escuchando el tecolote y los perros, así como las hojas secas. De vez en cuando pateaba una que otra chicharra de pino que estaba tirada en el camino, la cual alguna ardilla había dejado tirada.

Pasó un lugar que estaba lleno de muchos arrayanes y pajones, después pasó en un lugar donde había como unos diez encinos, en eso siguió escuchando el canto de aquel tecolote mientras seguía su camino. Trató de no ponerle mucha importancia, a pesar de que sus antepasados siempre decían que, cuando un tecolote o una lechuza cantaban, era porque algo malo pasaría.

Llevaba un poco de miedo, debido a que eran muchas las historias que le habían contado a él, de lo que pasaban en aquel río que iba a cruzar, pero él trató de olvidarlas. Empezó a cantar dentro de su pensamiento. Cantaba una canción que hace mucho su abuelo le había enseñado.

Pasó el río y no pasó nada, se tranquilizó y así siguió en el camino hasta que llegó a la ciénaga. Todo se miraba tranquilo porque la luz de la luna iluminaba todo, vio los dos pozos que eran los primeros que se veían al momento de salir del bosque, pero cuando dirigió su mirada hacia el tercero, no supo que hacer. Sus pasos se congelaron, no pudo sacar su machete, su mirada se clavó en aquello que nunca jamás en su vida iba a olvidar.

Su mirada se clavó en aquello que se parecía a una mujer. Ella se estaba lavando el cabello en esa poza. Quedó inmóvil, pensó que era doña Jacinta o alguien de los que vivía cerca se había ido a bañar, pero después pensó, que era muy temprano para que alguien se fuera a bañar a esa hora. Aunque pensó en hablarle y saludarle, no lo hizo. Algo dentro de sí mismo le dijo que no lo hiciera.

Perplejo, sin saber qué hacer, se quedó mirando aquello que estaba justo ahí. La luz de la luna reflejó el momento exacto cuando aquella mujer que se lavaba el pelo tan largo, alzó su mano y alcanzó un peine, el cual era tan reluciente que brilló tanto con la luz de la luna.

Se pasó el peine por su pelo para desenredárselo, desde las raíces hasta la punta, luego tomó un jabón que estaba hecho del mismo material y se enjabonó el pelo, después de unos cuantos movimientos de sus manos entre su pelo, tomó su cazo, el cual también brillaba como el oro y sacó agua del pozo para quitarse el jabón. Joel había pasado tanto tiempo ahí sin moverse. Sentía que sus pies estaban tan pesados, como si hubiera tenido una tarea de leña encima.

De pronto aquella mujer terminó de lavarse el pelo, se paró y sin quitarse el pelo de enfrente, se fue con rumbo hacia la montaña que estaba abajo de las pozas. Fue hasta ese entonces cuando él pudo moverse nuevamente, y pudo seguir caminando hacia a dónde iba. Mientras empezó a reaccionar, no sentía sus manos, las sentía atadas a una piedra pesada y cuando empezó a recobrar el conocimiento, él estaba corriendo hacía el pueblo.

Al llegar al pueblo, llegó rayando la mañana, encontró a las primeras personas y les contó lo que le había pasado, y éstas no le creyeron. Hizo aquellas diligencias que tenía que hacer, pero no dejó de pensar en lo que había visto. Regresó a casa, pero ya no regresó por el mismo camino, sino que buscó otro para llegar. Al llegar a su casa le contó a su mamá y ella le dijo:

- "Esa mujer que viste, es la mujer del peine y el jabón de oro. Dicen que si la vez y le silbas, ella saldrá corriendo y dejará su jabón y su peine, y el oro será de esa persona, la cual podrá guardarlos o venderlos y tendrá muchos más terrenos, ovejas y ganados, pero si le hablas o la saludas, te llevará con ella."

Después de aquel día, Joel siempre buscó la misma oportunidad, pero nunca se le volvió a dar. Aunque sabía que tenía que ser tan valiente.

- "Por eso muchas veces las oportunidades están para el que las tiene, y no para quien las busca", dijo mi abuelita mientras terminaba de contar el cuento.

- "Algunos dicen qué a las doce de la noche, esa misma mujer se va a bañar en las pozas que están aquí abajo en la ciénaga, cerca del campo", dijo mi abuelito.

Después de ese día, nadie se atrevió a salir de la casa después de que entrara la noche. Todos teníamos miedo de salir y ver a aquella mujer, la cual, según llegaba a bañarse cerca de donde vivíamos o en los diferentes lugares donde hubiera pozos o ríos.

Tanto fue nuestro miedo, que incluso mi abuelo a veces nos decía a eso de las diez de la noche, que él pagaba diez quetzales a quien fuera a la orilla del plan a echarse un grito. Nadie se atrevió a hacerlo, ni antes, ni después, por miedo a la mujer o a cualquier cosa que apareciera en las pozas.

FIN

UN VIAJE AL MÁS ALLÁ

Poco se sabe de la vida de aquella señora, que un buen día que nadie se esperaba, se cayó de la escalera mientras subía hacia el tapanco y falleció.

Ella vivía en una comunidad tan lejana, lejos de todas las civilizaciones, olvidada por los políticos y las nuevas tendencias, las modas y alejados de las grandes ciudades, incluso del pueblo más cercano. Érase ésta una comunidad llamada I'xmulc'a, habitada por personas que se dedicaban a la pastoría de ovejas, eran grandes sus rebaños, que los paseaban por todos los joyados, en donde abundaban los pajones, los robles y los encinos, unos que otros cipreses y pinos.

En aquella comunidad tan lejana, las costumbres venían desde hace muchos años atrás, los antepasados hacían las casas de la misma manera que se hacía en esos días. Estaban construidas de adobe, tierra mezclada con paja de trigo, el techo era de pajón recogido de las joyas. Se aprovechaba la manera en que estaba construida la caída de agua de la casa para hacer un tapanco.

En el tapanco era donde se subían las mazorcas de maíz que se levantaban en la época de la cosecha. Ahí éstas se secaban, así se podían desgranar de una manera muy simple y fácil. Se construía una escalera para poder subir al tapanco y solo era permitido que la misma persona que se subía una vez, era la que siempre tenía que subirse.

Doña Anacleta, era una señora muy conocida entre sus pocos vecinos que vivían en aquella comunidad, donde una casa estaba tan alejada de la otra. Siempre ponía a cocer el maíz antes de la puesta del sol, esa era su costumbre. Subía al tapanco y bajaba una cesta llena de mazorcas, ya sea con hoja o sin hoja. Las pelaba si tenían hoja, las desgranaba y luego ponía el maíz en la olla de barro con un poco de cal para que se pelara el maíz.

Aquel día como de costumbre, mientras subía al tapanco, doña Anacleta se cayó del tercer escalón, su pie se resbaló, no había de donde agarrarse y al caer, su cabeza pegó en la piedra que detenía la puerta para que ésta no se cerrara. Su esposo en aquel momento se encontraba en el campo.

Estaba viendo de las siembras y recogiendo pasto o zacate para los animales. Pasaron los minutos y ella no se levantaba, tenían cuatro hijos, los dos más grandes estaban con su esposo, y los dos pequeños estaban con ella. Ellos trataron de hablarle, pero ella nunca les respondió. Asustados se fueron corriendo a llamar a su esposo, pero mientras fueron, ella dejó de respirar.

Los niños iban llorando, porque no sabían que hacer. Gritaban tan fuerte hasta que encontraron a su papá cortando pasto entre le milpa. El señor salió corriendo y fue a ver qué era lo que había pasado, apenas entendió que sus hijos le dijeron que su mamá se había caído.

El esposo, al volver, se dio cuenta que ella no respiraba más, había fallecido. Llamó a los demás vecinos y a sus familiares, avisándoles que su esposa había muerto. Todos se juntaron y comenzaron los preparativos para el velorio. Prepararon un altar donde la iban a poner mientras velaban su cuerpo. Un vecino se fue a traer un ataúd al pueblo más cercano, el cual quedaba a más de dos horas a pie, se llevó el caballo más veloz que tenía, ya que él no podría cargar con la caja.

Pasó la noche, la estuvieron velando hasta el amanecer. El siguiente día la iban a ir a enterrar después del almuerzo, así había decidido la familia. En el cementerio habían hecho el agujero donde la iban a enterrar, tres metros de profundidad, dos de largo por uno de ancho.

Todos los que habían acompañado en el último mensaje, habían almorzado ya. Las autoridades de la comunidad ya habían dado la orden de enterrarla. Empezaron a preparar los pedazos de madera para atarlos a los extremos del ataúd, así podían llevarla hasta el cementerio más cercano.

Empezaron a caminar, el ataúd lo llevaban entre seis personas, dos en cada extremo y dos en el medio. "Uffff nanalina" se escuchó adentro en el ataúd. Todos se preguntaban de donde había salido aquella expresión. Se miraron entre todos y nadie encontraba respuesta alguna. De pronto empezaron a escuchar ruidos adentro del ataúd, se asustaron mucho. Escuchaban rasgueos y golpes en la madera. No dudaron ni un segundo y la bajaron tan rápido como pudieron. No le habían puesto clavos aún para sellar el ataúd, por lo que en cuanto la bajaron, destaparon el ataúd y en ese momento la señora Anacleta se levantó. Todos en la comunidad se quedaron sorprendidos cuando ella contó lo sucedido.

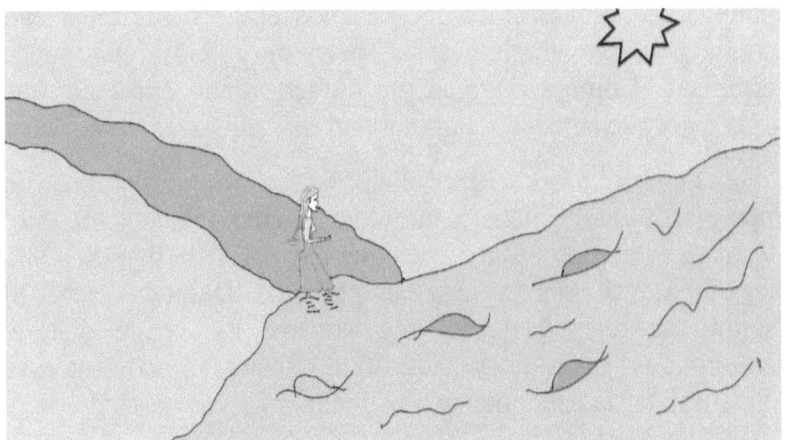

<Yo caminaba por un camino, era algo así como en medio de arena de color caramelo, sudaba y mis ganas de seguir caminando no me daban. A lo lejos pude observar que, había agua y estaban unos animales que parecían vacas. Me hacía falta poco para llegar hasta allá. No podía más. Por más que intentaba caminar, mis fuerzas no daban. Cerré mis ojos y traté de seguir caminando. Entre mis pasos lentos como los pasos de un capullo encima de un árbol, llegué apenas. Jadeaba como chucho sediento.

Cuando vi, tenía frente a mí un rio tan enorme, estaban esos animales que parecían vacas, la diferencia era que no tenían dos cuernos como las vacas normales, sólo tenían uno en la frente. Además había otros tipos de animales que nunca he conocido. Estaba tan sedienta que tomé mucha agua de aquel río, sus aguas eran tan claras, que podía ver más animales hasta el fondo que se parecían a los pescados.

Al tomar el agua, era tan fresca que, todo mi cuerpo llegó a sentir esa sensación de frescura, se me quitó el calor, se me quitó la sed. Luego miré que pasando el río había un nuevo camino, se extendía tan lejos, pero muy lejos, que nunca terminaba. Como si alguien me hubiera dicho que tenía que seguir, así que empecé a caminar entre las aguas de aquel río.

Antes de terminar de cruzar el río, en la orilla un hombre con ropa blanca que brillaba como el sol, se me acercó y me dijo: "Aún no es tiempo mi'ja, tienes que regresarte, tu tiempo no ha llegado, aún te faltan veinte días por vivir. Después de eso, el camino se te va a hacer muy ligero. En veinte días te esperaremos, vas a llegar hasta aquí, cruzarás el río y seguirás el camino hasta encontrar una colina, ahí habrán casas de oro y mucha agua cristalina."

No le pude ver el rostro porque brillaba más que el sol. Me regresé, crucé el río y seguí el camino que había tomado cuando iba hacia el río, pero a medio camino me quedé dormida y cuando desperté estaba encerrada en esta caja.>

Doña Anacleta estuvo muerta por más de veinte horas, su vida fue muy llena de cosas buenas y malas, falleció veinte años después de que había muerto por primera vez. Desde aquel entonces, en aquella comunidad los muertos se velan por más de un día y medio, no sea que aún no les toque y cuando despierten ya estén 3 metros bajo tierra.

FIN

LA SUERTE DE UN PANADERO

Era diciembre y en el plan se formaban unos remolinos que levantaban todas las cosas que encontraban a su paso, las cañas de milpa que quedaban entre los surcos de tierra, eran levantadas hasta arriba y el remolino las arrojaba lejos, en los terrenos cercanos, y muchas veces entre los bósques.

Después de eso, todos aprendieron que tenían que enterrar las cañas entre la tierra en cuanto levantaran el maíz, lo hacían cuando tenían que chuquear para que la tierra pudiera aguardar la humedad, esperando hasta que volviera a llover en marzo o en abril para poder sembrar nuevamente.

Aquella mañana me dijeron que alistara todo, que preparara las latas para colocar las quesadillas que había hecho, utilizaban latas de sardina para poder hacer esas quesadillas tan deliciosas, acaban de levantar el maíz y como aún encontraron elotes en proceso de maduración. Mi abuela pensó que sería muy bueno hacer quesadillas y el último atol de elote.

Cada vez que ella hacía atol de elote, era prohibido entrar a la cocina, pues según ella, su madre también hacía lo mismo, al igual que su abuela. Y estaba comprobado que cuando las mujeres hacían el atol de elote, y alguien más entraba a la cocina mientras el atol se estaba cociendo, el atol se iba a cortar y no iba a estar bueno para tomar.

Ella había estado haciendo el atol y mi abuelo había ido a colocar la leña en el horno donde se hacía pan de trigo para la semana santa, con el único fin, cocer esas deliciosas quesadillas de elote.

El horno, solamente se encendía en dos ocasiones, una para la Semana Santa para hacer pan de trigo y la otra cuando se levantaba el maíz y se hacían quesadillas de elote. Mi abuelo había aprendido a hacer pan hace mucho tiempo atrás, al igual que quesadillas de elote.

Muy de mañana mi abuelo trajo ramas verdes de arrayanes y zoico, con ellos iba a mover el rescoldo y las cenizas hacia una orilla del horno, eso cuando el horno estuviera lo suficientemente caliente para poner las quesadillas a cocer. Lo mismo era cuando hacía pan.

En ese momento, se le olvidó que mi abuelita estaba haciendo atol de elote y entró a la cocina, fue a traer las quesadillas para ponerlas en el horno. Ella se dio cuenta de eso y le gritó que no entrara, pero era demasiado tarde ya, el atol se había cortado.

"Se me olvido que estabas haciendo atol", dijo él. Luego se fue a colocar las quesadillas en el horno y dijo: "al menos las quesadillas me quedaran muy buenas". Al poco tiempo había terminado de hornear. Mi abuelita se había frustrado, porque ese día no pudieron disfrutar del atol de elote. Ella había cocinado una gallina para el almuerzo mientras mi abuelo terminaba de hornear las quesadillas.

Curiosamente en donde se amasaba el pan de Semana Santa era como una canoa, ellos le llamaban artesa o batea, la cual estaba hecha de una sola pieza de madera. Para mi era curioso el saber el origen, no me atrevía a preguntar. Ese día mi abuelo mientras terminaba de hornear, yo me acerqué, curioso como siempre y le pregunté acerca del origen de aquella cosa, porque yo no encontraba clavos en las esquinas.

Él me contó lo siguiente:

"En ese entonces apenas era un niño, la gallina criolla siempre se mataba cuando se terminaba de levantar el maíz, era como celebrar o agradecer por la nueva cosecha. Cuando terminamos de almorzar aquel día, salimos de la cocina y nos fuimos a sentar un rato enfrente de la casa. Después nos pusimos a jugar con mi hermana, luego empezamos a escuchar unos cuentázos. Eran cosas que estaban cayendo en los techos de las casas de pajón.

Mi papá nos dijo que nos fuéramos para adentro de la cocina o de la casa, porque quizá hubo un remolino en algún lugar y estaban cayendo las cosas. Entonces obedecimos y entramos corriendo, no vimos caer nada. En la puerta podíamos ver que había mucho polvo. Entonces escuchamos un tremendo sonido, fue atrás donde estaba el horno, como si algo tan grande hubiera caído allá. Después de unos minutos salimos a ver, todo había terminado.

Había mucha basura en el patio de la casa, mi papá se fue corriendo para ver que había caído cerca del horno y lo que había provocado aquel ruido. Caminó con miedo, casi de puntillas para no hacer ruido, le dio la vuelta al horno y de pronto, sus ojos le brillaron al ver aquel objeto tan grande que había caído cerca del horno. Era tanta su sorpresa que nos llamó a todos.

¿Cómo había llegado aquel objeto a aquel lugar? ¿Quién pudo haberlo llevado? ¿Cómo era posible que eso había llegado justo a la tierra donde ellos vivían? <En la expresión de la cara de mi abuelo mientras se hacía esas preguntas, podía ver que era cierto lo que él me estaba contando aquella tarde.>

Al principio vimos que era una canoa muy grande, medía aproximadamente un metro, cincuenta centímetros o más de largo, y de ancho era como de 30 centímetros. Estaba moldeado de una manera inusual. Cuando mi papá le dio vuelta, vimos que no era una canoa de las que usábamos para darle de comer a las vacas, las ovejas o los cerdos. Nos dimos cuenta que era la artesa de un panadero.

Se podían observar en las esquinas los restos de harina de trigo y levadura que aún tenía, pareciera que la acababan de utilizar en la mañana.

- ¿De quién será esta artesa?, preguntó mi papá,

- ¡No sé, habrá que preguntar con los vecinos!, afirmó mi mamá.

Mi papá quiso llevarla para la parte de enfrente del horno, pero en ese momento, él no la pudo levantar, estaba tan pesada. Alguien había hecho tan bello trabajo para un panadero. La artesa era de una sola pieza y mi papá decidió conservarla con él, mi mamá y nosotros con mi hermana le ayudamos a moverla y llevarla a donde el había decidido ponerla.

El siguiente domingo que fueron a la plaza, comenzaron a preguntar con todas las personas conocidas de las aldeas cercanas, de quien era una artesa, o si alguien había perdido su artesa, pero todos le dieron la misma respuesta, nadie sabía. Ni ellos, ni nadie supo nunca de quien era.

Ellos ya se dedicaban a hacer panes de trigo para vender en las principales plazas. Ellos me enseñaron a mí, dijo mi abuelo. Me enseñaron como hacer el pan de trigo, las quesadillas e incluso las tostadas para hacer totoposte".

Mis bisabuelos le dejaron esa herencia, la cual él se la pasó a un mi tío y quizá mi tío se la pase a mis primos. Aquella artesa aún existe y está guardada en el tapanco del horno. El horno fue movido del lugar donde originalmente estaba, debido a que allí cerca pasó la carretera y fue construido en medio de la casa de mis papás y de mis abuelos. Cada vez que yo veía esa artesa no lo podía creer, pero al final sabía que era cierto. Los remolinos del plan fueron los que la trajeron, ¿De dónde? La verdad nunca se supo, no se sabe y nunca se sabrá.

FIN

EL MAGO DE SANTO DOMINGO

No todos los magos son capaces de desarrollar aquello a lo que realmente le llaman magia, tampoco no son muchos los atrevidos. Muchos saben algunos trucos de magia, pero eso no los convierte en verdaderos magos. Aunque hace muchos años atrás, aquellos que desarrollaron la magia, eran perseguidos y se les daba muerte; pero cuenta mi abuelo que para lograr ser un mago o tener magia, las personas tenían que hacer un pacto en el cementerio a las 12 de la medianoche.

Mi abuelo dice que logró comprar el terreno donde vivíamos, únicamente yendo durante varios años a cortar café al otro lado. Ellos le llamaban el otro lado, pasando los volcanes, pasando la frontera. Quizá de niño y de joven, viajó a diferentes fincas, pero para pagar el terreno con sus tíos, tuvo que ir un lugar llamado Santo Domingo, un lugar desconocido para mi y del cual mi abuelo siempre habló.

"Cortábamos café y nos pagaban por tarea, tu abuela era muy pilas, sus manos quitaban muchos granos de café muy rápido, vuelta tras vuelta, canasto por canasto, llenaba su costal más rápido de lo que yo pensaba", decía mi abuelo. Dice que dejaban a sus hijos jugando, mientras ellos cortaban el café, canasto en la cintura y con las dos manos cortando el café hasta llenarlo y terminar el surco.

Un día uno de sus familiares dijo que había hecho un pacto con alguien en el cementerio. Tenía muchos trucos bajo la manga. Uno de sus primeros trucos que hizo después del pacto, fue enamorar a una de las muchachas muy bonitas, pero ¿cómo lo hizo?

<Todos los días, aquellas bellas señoritas pasaban en el camino hacia el molino de nixtamal, él las observaba y sí que le

gustaba una de ellas. Mientras las veía desde los cafetales, contemplaba como eran de bellas. Aquel día mientras una de ellas vestía con un elegante vestido a los ojos de él, las despidió con un piropo. "Adiós mujer de mis amores, como quisiera ser el sol para besarte la mejilla".

Las muchachas le devolvieron con un insulto y malas caras, refunfuñando que era un viejo pobre y pelado, y se fueron corriendo, pero aquel muchacho les dijo que tuvieran cuidado, que adelante estaba una serpiente, pero ellas no hicieron caso y entre dientes volvieron a decir: "Uy, viejo asqueroso".

Aquel mago, bajó un bejuco y lo sopló, aquel bejuco se convirtió en una serpiente enorme, se metió entre el café y les salió adelante a las muchachas, por lo que ellas comenzaron a gritar, mis abuelos estaban muy asustados de ver aquel animal tan grande. Ellas pedían auxilio a gritos, pero nadie se atrevía a matar aquella enorme serpiente, hasta que aquel mago llegó,

"Tranquilas preciosas que de esta bestia me encargo yo", dijo, sacó su machete afilado de doble filo y le cortó la cabeza. Aquella culebra enorme trató de enrollarse en su propio cuerpo

para atacar a quien le había atacado, pero murió en el momento. Las muchachas se fueron y ni gracias le dijeron, entonces el mago les dijo: "Tengan cuidado no sea que se vayan a orinar a la mitad de la plaza".

Con mayor razón gritaron: "Viejo cerdo, asqueroso". Después de que aquellas hermosas mujeres de pelo quebrado y hermosos vestidos se fueron, aquella enorme serpiente se volvió a convertir en el bejuco que era. Mis abuelos quedaron admirados.

Al regresar, aquellas muchachas venían muy avergonzadas, así pasaron donde estaba el señor cortando café aún. Una de ellas, la más atrevida le gritó que era un brujo o qué, porque lo que les había dicho, eso había sucedido. Dice que las muchachas al llegar a la plaza, les dieron ganas de orinar, pero no encontraron un lugar rápido y tuvieron que orinar en medio de la plaza, realmente ya no aguantaron.

Después de eso, él las siguió frecuentando hasta que logró enamorar a una de ellas, y uno de sus trucos favoritos, era la baraja detrás de la oreja.

Mi abuelo nos entretenía mucho con estas historias, me fascinaba, porque este señor hacía cosas que causaban admiración, aunque quizá era malo, las historias eran muy buenas.

Otros cuantos trucos más...

Cierto día, aquel mago tenía muchas ganas de comprar un cigarro, se fumaba unas cuantas cajetillas al día, pero en ese momento se le habían acabado. También se le antojaron unas cuantas cervezas o un poco de guaro o cusha, quizá caña.

Aquel día se encontraba sin un centavo en la bolsa, nadie sabía que era lo que había hecho con su dinero, ni el mismo, pero realmente no tenía, así que le dijo a mi abuelo que fuera a comprar cigarros a la tienda. Había tocado hasta el fondo de sus bolsillos y no encontró ningún billete o moneda alguna, solo unos cuantos terrones que se le habían metido mientras descansaba a la hora del almuerzo. Tomó un periódico, lo cortó de manera que pareciera del tamaño de un billete, le escribió el número 100 encima y se lo dio a su primo, mi abuelo.

Mi abuelo fue a la tienda, pidió los cigarros, luego sacó aquello que él sabía que era un pedazo de papel para pagar, su sorpresa fue que cuando él sacó el papel, era un billete, tan nuevo, como si ese billete acabara de salir de un banco. El primo le había dicho que en cuanto pagara, no aceptara el cambio.

Mi abuelo regresó con los cigarros y después de unas horas, aquel billete con el que había pagado se convirtió en lo que era, incluso desapareció del canasto donde lo tenía el tendero.

En la tarde se fueron con mi abuelo y otros amigos a la cantina y comenzaron a pedir licor y otras bebidas, estuvo pagando con billetes de diferentes denominaciones. No hubo ningún momento en el que no tuviera dinero, así mismo no aceptó cambio o vuelto como se solía decir en aquellos tiempos.

Quizá el cantinero se iba a dar cuenta de eso, pero no, nunca se dieron cuenta hasta que un día, entre su borrachera hizo enojar a unas personas, esa vez andaba solo. Aquellas personas a las que había molestado, se enojaron tanto. Ellos tenían pistolas y de pronto comenzaron a dispararle, la sorpresa fue que ninguna pistola lanzó balas, solamente tronaban y tronaban. Dicen que después de eso se lo llevaron entre todos y lo lanzaron a un despeñadero.

Al siguiente día el mago aquel estaba cortando café nuevamente, sano y salvo, sin ningún rasguño. La noche anterior no había llegado a dormir donde estaba la cuadrilla de personas durmiendo.

En otra ocasión, una pelea por la enamorada que tenía con otros muchachos, dice que él gritaba: "mátenme, mátenme cobardes", las pistolas no disparaban, los machetes no lo cortaban y los golpes no lo herían.

La muerte de aquel mago

Después de haber hecho muchas cosas, cosas buenas y quizá cosas malas; unos cuantos trucos o muchos de ellos, aquella persona estaba llegando a su fin.

Siempre iba a renovar a cada cierto tiempo su pacto en el cementerio. Cuentan que una vez lo habían visto sentado sobre las tumbas en la noche, pero que un día, alguien lo miró. Aquella noche él estaba sentado, cuando alguien apareció entre las tumbas, comenzaron a platicar y luego aquel mago dio tres vueltas para atrás, eso era con el fin de seguir con su magia. La idea era no dejarse ver, caso contrario no iba a funcionar.

Aquella tarde, después de la noche del pacto, se había ido a beber como de siempre. Se fue a sentar a la mesa de costumbre y pidió el mismo trago. En ese momento sacó un billete para pagar, se lo dio al mesero y éste se dio cuenta de que solamente era un pedazo de papel con un número escrito. "Señor, éste no es un billete de verdad", dijo mientras le devolvía el billete.

El cantinero los escuchó discutir y se enojó mucho. Él miraba los billetes reales, pero el mesero no, así fue como lo descubrieron. Se dieron cuenta que las veces que había llegado a la cantina, pagaba de esa manera. Algunos de los que estaban ahí se le acercaron y lo sacaron de la cantina.

No conforme, aquel mago comenzó a gritarles y a insultarles. Aquellos que estaban tomando en la cantina, no se aguantaron y se fueron a retarlo. Otras veces se había tirado al suelo y exclamaba "Mátenme, mátenme", él sabía que por más que le pegaran, no lo matarían, porque usaba magia.

En esa ocasión, eran más de dos personas, por lo que los insultó demasiado, algo dentro de él le dijo que corriera hacia su casa en la finca, pero aquellos hombres se fueron detrás de él, lo rodearon y le dieron una paliza, como pudo se logró escapar, pero luego lo alcanzaron y lo tiraron en aquel peñasco que estaba cerca de la finca donde vivía. Nadie volvería a saber de él.

Cuenta mi abuelo que lo empezaron a buscar, habían pasado varios días, algunos pensaron que se había ido al lugar de donde era, otros pensaron que se había ido al pueblo a trabajar, otros pensaron que se había ido para otra finca, y otros dijeron que lo habían visto por última vez allá en la cantina peleando con otras personas.

Al final lo encontraron, lo estuvieron buscando por varios días, estaba boca abajo en el fondo de aquel peñasco, suerte que aún no se había empezado a descomponer, todos sabían que el muerto a los tres días comienza a oler mal, pero el cuerpo del mago aún estaba bueno. Sacaron el cuerpo de aquel mago del fondo del barranco, lo llevaron para la casa, lo lavaron todavía, lo colocaron en un ataúd y aún lo velaron.

El siguiente día lo iban a ir a enterrar. Cuenta mi abuelo que lo llevaban entre seis personas. Caminaron por un largo trayecto, hasta que estaban cerca del cementerio de la finca. Había una subida en aquel lugar, pero en ese momento, quienes llevaban el féretro, ya no aguantaban. Algo les impedía seguir, pidieron cambio y los fueron a reemplazar, pero estos otros, al comenzar a caminar, se dieron cuenta que pesaba tanto.

En la subida, antes de los últimos pasos para entrar al cementerio, las personas que cargaban el féretro, no aguantaron más y lo dejaron caer, en ese momento de suspenso, la gente que acompañaba comenzaron a gritar.

Cuando el ataúd cayó al suelo, la caja mortuoria se abrió, se quebró por completo, y un cerdo enorme salió corriendo y se fue hacia el barranco. Muchas personas salieron despavoridas, con un gran miedo que oprimía su pecho, como una piedra de moler oprime el maíz, se regresaron a su casa; otras intentaron alcanzar al cerdo o darle muerte o atraparlo, pero no pudieron.

¿Cómo era posible que el ataúd se hubiera quebrado? Si las tablas con las que está hecho estaban selladas y a prueba de golpes. Al final levantaron los restos de la caja, la acomodaron de nuevo en el anda, y se la llevaron a donde la iban a colocar, tres metros bajo tierra. La caja fue lo único que enterraron. Nadie encontró al cerdo y nadie encontró el cuerpo de aquel mago.

Mi abuelo y mi abuelita siempre lo contaron juntos, se ponían de acuerdo y la historia coincidía entre los dos.

FIN

LA MEJOR HERENCIA

Un día no muy común, quizá era diciembre, septiembre, año nuevo o quizá era Navidad, de todas maneras, era un día como cualquier otro, cuando mi abuelo se sentaba alrededor del fuego y nos contaba sus historias, aquellas que nos llamaban mucho la atención. Yo era aún muy niño para entender que era lo que pasaba o lo que mi abuelo realmente quería decir.

Mi abuelo, para mi siempre era mi inspiración, recuerdo mucho de lo que nos contaba a nosotros con mi hermana y a mis tíos, quizá ninguno le ponía tanta atención, pero yo siempre trataba de elegir algo para mi.

Más de alguna vez, una que otra persona llegaba a la casa, quejándose de algún dolor muscular, pie, mano, codo, rodilla o cualquier otro gonce o hueso.

Muchas de aquellas personas se lastimaban por estar trabajando, jugando pelota, corriendo o por caminar en algún camino con piedras o por hacer malas fuerzas.

Yo no sabía como alguien puede arreglar huesos torcidos, no me había tocado sufrir de eso antes, pero yo miraba a todos aquellos que llegaban. Iban sufriendo de dolor, lloraban mientras mi abuelo les tronaba los huesos después de darles una buena sobada, y como después el dolor desaparecía parcialmente y ellos comenzaban a reírse.

La mayoría de las personas lo conocieron por un buen tiempo, en su juventud, el decía que era talabartero, una profesión u oficio que aparecía en su cédula de vecindad.

Talabartero, era la persona encargada de reparar zapatos y de hacer caites. Mi abuelo usaba llantas viejas de carro, otras veces, usaba cuero para las plantillas o suelas de los zapatos que arreglaba. Yo recuerdo en mi infancia, que el tenía unas viejas hormas y algo que parecía un pie de hierro donde arreglaba los zapatos viejos, los remendaba con una aguja capotera y cáñamo.

Cuanta mi abuelo que su padre, o sea mi bisabuelo; a la vez que era panadero, también curaba de safaduras, torceduras y cualquier otro problema relacionado con los huesos y con los tendones. Ésta profesión había sido heredada de generación en generación. Aunque era difícil encontrar a un buen curandero cerca de donde las personas vivían, muchos llegaban de lejos para poder ver a mi bisabuelo curandero, no era muy seguido, pero lo conocían en diferentes lugares. Muchos llegaban a caballo sin poder caminar y regresaban montando tranquilos el caballo.

Esa vez mi abuelito nos contó qué, cuando su padre enfermó de gravedad, mientras él lo llevaba cargado hacía donde lo iban a curar le dijo:

- "Antes de morirme quiero enseñarte algo que realmente te va a servir en la vida, la cual le vas a heredar a tus hijos, así como yo te lo voy a enseñar."

- "Cuando alguien se zafe o se disloque su brazo, su codo, su mano, sus dedos, sus pies, sus rodillas o lo que sea, vas a tener que tocar suavemente, revisar que no este quebrado, tratá de hacerlo con mi mano, busca donde se encuentran ubicados los huesos y los gonces. Tenes que saber como están unidos y que es lo que realmente los une, ésto solo se logra mirando a través de la piel tocando suavemente y mirando el color de la piel.

Después de inspeccionar y asegurarte que no es una quebradura comienzas a sobar con tu dedo índice y pulgar, luego usas el dedo del medio, luego el que sigue y por último la mano completa. Luego de saber para donde se movieron los huesos, tratas de ponerlos en su lugar, haciendo un pequeño jalón y luego empujándolos y acomodándolos.

Todos estos movimientos que te digo, se tienen que hacer lo más rápido, porque la persona estará sintiendo tanto dolor que no seguirá soportando más y ya no va a querer que lo toques.

En ese momento el hizo un movimiento con su mano y sus dedos y se zafó un dedo. Le dijo a mi abuelo que se lo arreglara así como el le había dicho. Después de unos minutos mi abuelo había aprendido una profesión que con el tiempo fue desapareciendo.

A mi abuelo se le fueron agotando las fuerzas poco a poco, la gente dejó de buscarlo, en eso comenzaron a llegar doctores al pueblo que curaban zafaduras, torceduras y quebraduras. Al final, él utilizó aquello que aprendió cuando más lo necesitó, cuando sus vecinos lo necesitaron, lo más sorprendente, lo hacía sin ningún costo, porque sabía que era un don que él traía consigo.

Tres de mis tíos aprendieron a sobar y tratar de arreglar zafaduras, pero ya no como en la antigüedad. Solo cuando era necesario, cuando por jugar fútbol alguien se torcía.

FIN

CARMELINO

Era una tarde de abril, algunos días después de la Semana Santa. Carmelino y Nolberta se habían ido a estudiar hasta la escuela más cercana. Por lo general empezaban a estudiar a las siete de la mañana. La mamá de ellos les había mandado su comida envuelta en unos manteles que ella había bordado. A ella le gustaba hacer pishques (tamal grueso); debido a su tamaño, estaban envueltos en hoja de doblador muy grande, las cuales las sacaban de las mazorcas paches cuando levantaban el maíz.

A Carmelino sus compañeros siempre lo molestaban porque era muy inteligente, una vez le llenaron su bolsón de piedras, otra vez le pusieron popó de oveja en los frijoles que daban de refacción en la escuela, pero aquella tarde cuando salieron de estudiar, a Carmelino le cambiaría la vida por lo que estaba a punto de sucederle.

Al salir de la escuela, iban juntos caminando, haciendo travesuras para ir de nuevo a su casa, de pronto en una pequeña colina, un grupo de niños le gritó: "Carmelino, Carmelino, ahí va la pelota". A él le gustaba tanto jugar a la pelota, era un niño tan talentoso cuando jugaba.

Mientras la pelota hecha de bolsas de nailon venía rodando hacia él, él se disponía a patearla, su hermana trató de evitarlo, pero él no pudo contener esa euforia que sentía al patear una pelota. Después de todo él sabía que llegando a casa tenía que ir a trabajar y que no podría jugar.

En el momento que él pateó la pelota, se escuchó un trueno y le dolió tanto. Sonó como cuando se le da un golpe al maíz al momento de aporrearlo. Su pie se había fracturado. Aquella pelota envuelta en bolsas de nailon, no era nada más que una broma de parte de los niños aquellos. Carmelino gritaba del dolor, no podía evitarlo, su pie estaba destrozado. Aquellos niños traviesos, habían envuelto una piedra con nailon.

Carmelino no sabía qué hacer, apenas podía caminar, se fue a duras penas para su casa, no quería llegar, porque sabía que su padre era muy rudo y le pegaría por eso. Al final se aguantó tanto y no dijo nada.

Así pasaron los días, él no volvió a ir a la escuela, porque no aguantaba caminar. Pasaron las semanas, los meses y los años.

Al pasar de los años, le detectaron una especie de enfermedad en el pie, hasta ese entonces el confesó realmente lo que había pasado aquel día. Si él hubiera dicho lo que había pasado, las cosas hubieran sido diferentes, lo hubieran curado antes de que la gangrena entrara en su pie.

Cuando lo llevaron al doctor hasta Quetzaltenango, le dijeron que lo tenían que operar, pero que él jamás iba a volver a tener su pie con él. Aquella noche lloró y se dijo que él no iba a permitir que le quitaran su pie, que si él tenía que morir iba a morir completo, y así sería. Nunca se operó.

Se había internado en un hospital cuando en realidad ya no podía caminar. Al principio usaba un bordón y de ahí comenzó a usar muletas, no volvió a poner su pie en el suelo. En aquel lugar le regalaron cosas durante algunas Navidades, también llegaba a la casa con cohetes, y otras cosas para sus hermanos. Él siempre fue cariñoso con ellos, ellos lo querían tanto, pero poco a poco las cosas fueron cambiando.

Cada vez su pie se fue poniendo peor, sus hermanos lloraban cuando lo miraban así. La última Navidad que llegó, iba usando muletas, pero se miraba muy triste, lo habían ido a encontrar con un caballo cerca del pueblo a donde pasaba la camioneta. Él no quiso que le amputaran su pie cuando aún estaba a tiempo. Una de sus hermanas le lavaba sus pies y cuando no estaba con él, ella lloraba tanto por él. En aquellas Navidades fueron las únicas que comieron tamales de carne, frutas y quemaron cohetes.

Una mañana que no se esperaban el comenzó a sufrir, no quiso desayunar, le dijo a su hermana que quizá su tiempo había llegado. Que quizá era el momento de partir. Ella no quería escuchar eso, ella lo quería tanto, era su hermano de todos modos.

Doña Amalia le dijo que comiera un poco, ese día había hecho huevos revueltos. Levantó los huevos de las gallinas en el corral cuando se levantó en la mañana. Había hecho queso, una vaca había tenido su cría por lo cual había suficiente leche para hacer queso, ella lo había molido en la piedra una y otra, y otra vez, hasta hacer el mejor queso.

Carmelino, no quiso nada y poco a poco fue perdiendo sus fuerzas, todos empezaron a ver qué era lo que estaba pasando, pero él les dijo a todos sus hermanos que no se preocuparan, que él tenía que marcharse. Nadie quería irse de su lado. Todos querían estar ahí, porque nunca lo había visto de esa manera.

Doña Amalia y don Armando empezaron a abrazarlo. Las cosas no estaban bien, se miraba en el semblante de Carmelino.

Su rostro comenzó a cambiar y les dijo a todos: "Cuídense, ámense los unos y los otros, respétense y quiéranse, estén siempre unidos, nunca se separen y estén en comunicación". Su hermano a quien quiso tanto, le dijo que cuidara bien de sus demás hermanos y que ahora él era el mayor de todos. Que cuidara de sus papás y de la casa, que le diera lo mejor que él pudiera a sus padres.

Después de haberse despedido de todos, les dijo que lo vistieran de blanco, porque ya iban por él, iban por él muchas personas vestidas de blanco y él no quería irse con la vestimenta que tenía. Él quería irse de blanco también, porque su alma era pura y sincera, siempre le dio amor y cariño a quien pudo.

En ese momento le pusieron una camisa y un pantalón blanco, poco a poco fue cerrando sus ojos, recostado en aquella cama, dejó de respirar. Todos sus hermanos siempre pensaron que él se fue al cielo o a descansar en el lugar donde descansan las almas de quienes se han portado bien.

Muchos dicen que no han conocido a nadie como él, porque en sus ojos de él se veía reflejada la verdadera esencia del amor, amor hacia el prójimo a pesar de lo que le habían hecho, él los perdonó.

FIN

LOS REMOLINOS DEL PLAN

Cada vez que llegaba la temporada seca, cuando dejaba de llover y los bosques perdían su verde colorido, empezaban los vientos. Era la temporada de empezar a buscar los chumos para hacer los barriletes. Yo empezaba a buscar los costales viejos y sacar pita para poder volar mis barriletes. Mi madre me había enseñado a hacer barriletes cuadrados, los cuales los sacaba de alguna bolsa de nailon de libra o de cinco libras, en donde iba el arroz o el frijol que mi mamá o abuelita compraban el domingo en el mercado.

Cuando era muy niño, los barriletes redondos eran muy difíciles de hacer, pero más difícil eran los que medían un metro, esos sí que eran difíciles, las veces que intenté hacerlos, no pude hacer bien la zumba y la cola solo la podía hacer de nailon, el único que sabía bien, era mi tío.

Era una época muy linda, porque todas las actividades de la escuela se olvidaban por un momento al estar volando los barriletes. Con el tiempo, mientras fui creciendo, fui mejorando los barriletes. Aprendí a hacer barriletes redondos, y grandes también.

Mi abuelo siempre decía que a medida que la temporada seca se hacía más intensa, los vientos se hacían más fuertes. Así era como empezaban a hacerse los remolinos allá en el plan. Debido a que el terreno de mi abuelo estaba ubicado en una planicie junto a los terrenos de don Raúl. En ese lugar se juntaban para jugar los cuatro vientos.

Para cada temporada seca, a los cuatro vientos les gustaba hacer estragos cuando jugaban, les encantaba formar remolinos en aquella planada. El viento del norte era el más fuerte que el viento del sur. El viento del este era el más sonriente que el viento del oeste, pero al final los cuatro eran muy juguetones.

Al viento del norte, le encantaba llegar desde lo alto de la montaña a la que le llamaban el Cerro Timbal, el cual cada invierno estaba tumbando o haciendo retumbos, qué solo aquellos que habían vivido toda su vida, podían escuchar por las noches adormecidas con el color de las estrellas y luceros.

Al viento del sur le gustaba llegar desde el rio Xolobaj, aquel río que pasaba por Cuyá, El Horizonte y las demás aldeas de Tejutla. Al viento del sur, le gustaba pasar por el río Xolobaj, moviendo las aguas y llevando un poco de brisa para alimentar con agua las plantas que crecían a la orilla del río. Había veces que le encantaba soplar tan fuerte, que cuando alguien se paraba a la orilla del río, podía sentir la brisa en su rostro, apaciguando la fatiga y el calor del verano.

Al viento del Este, le encantaba llegar del lado de California, le gustaba pasar en medio de los bosques, jugando con las ramas y las hojas de los árboles. Le gustaba provocar un sonido tan sutil con las hojas de los pinos; le encantaba revolotear las hojas de los robles y hacer caer las hojas de los encinos. Le gustaba soplar tan fuerte sobre los alisos espantando a los pájaros que se dejaban llevar por sus vientos. A las ardillas les encantaba que el viento del Este pasara por ese lugar, puesto que movía las ramas, les gustaba ser mecidas.

El viento del Oeste le encantaba llegar desde Armenia o Cantzún, pasaba saludar a todos los antepasados que descansaban en paz en el cementerio de la región. Se colaba entre las tumbas y luego pasaba por el río hasta llegar a donde estaban los eucaliptos. Pasaba por la arrayanada que estaba abajo del campo de fútbol, otras veces pasaba atrás de la escuela, y se llevaba los restos de paja que mi abuelo había dejado después de haber triado el trigo en la era.

Al llegar al plan todos empezaban a jugar y se decía el uno al otro, "Haber quien llega más alto". Así era como se juntaban los cuatro, y yo sólo miraba como empezaban a hacerse los pequeños remolinos. Mi abuelo los miraba y me decía: "Cuando estés allá en el plan y se empiecen a hacer remolinos, hace la señal de la cruz con tus dedos, pone tu dedo pulgar encima de tu dedo índice, justo a la mitad, después de eso decís: ¡Cruz!, ¡Cruz! ¡Cruz!, y vas a ver que se desaparecen".

Al principio era muy incrédulo cuando mi abuelo me dijo eso. Quizá porque era muy pequeño, pero con el tiempo me dio curiosidad y estuve esperando el momento.

Aquella tarde, mientras jugaba pelota en el patio de la casa, me di cuenta como en el plan empezó a levantarse una polvareda muy grande. Me detuve a ver qué era lo que pasaba, y fue así como vi uno de los remolinos más grandes que jamás había visto en mi vida. Aquel remolino llegaba hasta las pocas nubes que se podían apreciar aquella tarde. Aquellas nubes se estaban llenando de polvo y estaban cambiando su color blanco a color anaranjado oscuro.

Mientras en el plan, los cuatro vientos jugueteaban con los manojos de zacate seco de milpa que mi abuelo había dejado. Tres días atrás habían levantado el maíz. Los vientos aventaban las cañas por todos lados y el polvo era demasiado. Al ver eso, mi abuelo empezó a gritar para que todos los que estaban en la casa, hicieran la señal de la cruz. Así aquel remolino se calmaría, de lo contrario que se metieran para dentro, porque en cualquier momento podían a llegar a la casa.

Todos salieron y empezaron a hacer la señal de la cruz con sus dedos y a decir: ¡Cruz! ¡Cruz! ¡Cruz!, esa era una señal que los vientos conocían, ese era el pacto que ellos habían hecho con los antepasados de mi familia y las familias que vivían en la aldea. Esas eran las palabras y las señales que ellos reconocían y sabían que ellos aún les prestaban atención y eso hacía que ellos dejaran de jugar, puesto que si seguían jugando podían dañar las casas de las personas y las personas iban a pronunciar palabras que a ellos no les gustaría escuchar y se irían para siempre de aquel lugar.

Gracias a que mi abuelo nos enseñó todo eso, cuando crecí más, ponía mucha atención a los cuatro vientos cuando llegaba la época, porque para la época seca, era el único momento que los cuatro vientos se juntaban en ese lugar.

Cada vez que empezaban a jugar, los remolinos comenzaban siendo pequeños y yo me metía en donde se estaban formando, y entre risas hacía la señal de la cruz. Ellos se iban a jugar a otra parte cerca de donde yo estaba. Yo los seguía y ellos seguían formándose en otro lugar, si mi mamá o mi abuelo me miraban, me gritaban para que no me metiera en medio de los remolinos o me podrían llevar, pero desde aquel entonces, no volví a ver a un remolino tan grande. FIN

UN HOMBRE LLAMADO BELISARIO

Mientras seguía creciendo, poco a poco me iba enterando e iba entendiendo cosas que al principio no entendía, ni comprendía. Sus pasos habían marcado la historia en mi aldea y yo no me había dado cuenta de eso. Era un niño en ese momento hasta que crecí y pude darme cuenta del valor que él tenía, y de lo que él significaba para mí.

Era un hombre alto, el color de su piel era completamente diferente a las demás personas que hasta ese entonces yo conocía. Su tez no era blanca ni morena, era colorado. Su pelo era negro, aunque hasta donde yo lo recuerdo, ya andaba con algunos pelos blancos en la cabeza. Yo siempre pensé que su piel era color de camarón, así lo veía, porque no encontraba el color de su piel. Tenía orejas grandes y una nariz muy pronunciada.

Hace un tiempo encontré un artículo que hablaba de las personas con orejas grandes. En aquel artículo hablaban que ellos son más atentos y pueden tener mucho conocimiento. Su mirada, era una mirada segura. Sus palabras, lo que decía se tenía que hacer de la manera que él decía. Voz fuerte era lo que lo caracterizaba más, si estaba en la casa, se podía escuchar hasta allá abajo en el campo cuando hablaba.

Algunas veces quitó su cincho y me dio más de algún cinchazo cuando no le obedecía. Hubo una vez que estaba jugando con mi hermana, él nos había hecho un pequeño columpio en la viga de la casa y cuando mi hermana no me lo prestó un ratito, la empuje y sin querer la boté, así como cualquier niño con sus hermanos. No lo hice para lastimarla, solamente para que me dejara subir un ratito. Mi abuelo me vio y como mi hermana se puso a llorar, me pegó con el cincho, fueron dos cinchazos que aún con el tiempo, no olvido.

Esa era una las maneras de educar a sus hijos. Mis tíos y mi madre dicen que fue un hombre tan duro, pero gracias a eso mi madre fue una mujer de bien. Una mujer que se ha dado a respetar, me educó con los principios y valores que a ella la educaron.

Él fue un hombre que le dio vida a nuestra aldea. Junto con otras personas crearon la aldea Nueva Esperanza. Hace mucho tiempo atrás, cuando sus hijos más grandes tuvieron que ir muy lejos a estudiar, se dio cuenta qué si podían tener una escuela cerca, ellos ya no tendrían que ir muy lejos. Él y otros vecinos decidieron hacer la escuela y como no había donde, él decidió donar un pedazo de terreno, debido a que no había otro lugar mejor ubicado.

En aquel terreno se construyó la primera escuela, cada uno aportó su parte, los hombres haciendo adobes, las mujeres cocinando. Así mismo trajeron láminas desde el pueblo y llevaron madera de las montañas. En los terrenos de mi abuelo, se jugaron los primeros partidos de fútbol y se celebraron las primeras Semanas Santas. Tantas cosas buenas que él ha dejado de legado y de recuerdo en su comunidad junto con otras personas.

Su legado y su historia, junto con las otras personas que poco a poco se adelantaron, ha quedado grabada en los muros de las obras. Existen varias placas con los nombres de aquellas personas que le dieron vida y éxito a aquel lugar donde colindaban tres aldeas. El Paraiso, Ixmulcá y El Horizonte.

Decidí contar parte de su historia en este lugar, para inmortalizar lo que un día hizo por mí, porque gracias a él, yo fui a la escuela y ésta me quedaba tan cerca de mi casa. Así mismo, allí aprendí a leer y a escribir y con eso tuve suficiente para que mis sueños de ser poeta y escritor se hicieran realidad algún día.

Él cuenta que sus padres lo mandaron a la escuela cuando era un niño, pero tenía que caminar muy lejos hasta donde estaba la escuela más cercana. Aprendió a leer y a escribir, no tenía cuadernos ni nada para guardar lo que aprendía. Él dice que usaban una pizarra pequeña para aprender a escribir.

Cuando el maestro enseñaba algo, después de eso ellos tenían que borrar lo que habían anotado. Era tan difícil retener algo y muchos por eso se iban de la escuela. Mi abuelo tenía una letra que nadie en la aldea podía igualar, ni siquiera los que habían estudiado más allá de segundo primaria.

Sabía tantas cosas, como nadie más. Un día me contó que cuando lo reclutaron los del ejército, dijeron: "Dos pasos al frente aquel que sepa leer y escribir", él y otro señor fueron los únicos que dieron dos pasos al frente. Cuando hizo eso, el general o el comandante dijo: "que levante lista y se vaya para su casa", entonces, ellos anotaron el nombre y apellido de todos los que estaban allí, y se fueron para sus casas, los demás se quedaron prestando servicio militar.

Cuando alguien iba a hacer un traspaso de terreno, ya sea por venta o por herencia, él era al que llamaban para que fuera a hacer las escrituras del terreno. En la comunidad, él era el que hacía las actas en el comité cuando se tenían reuniones y proyectos. Sabía hacer tantas cosas, cosas de las que aún todavía yo no sé.

A él y a otros vecinos, les correspondía viajar a la ciudad capital a hacer cualquier gestión para los proyectos. Al final, él siempre me enseñó a ser una persona honrada, me enseñó a no tocar el dinero de las demás personas, porque él nunca agarró un centavo del dinero que no era de él, cuando estuvo en el comité haciendo proyectos.

Así mismo mi abuelita, respaldaba lo que él decía. Muchas veces me dijo: Mijo, cuando aquí en la casa encuentre una moneda de un centavo, uno choca o un quetzal, no se lo agarre para usted, levántelo y póngalo encima de la mesa o de la cama y el dueño lo va a llegar a agarrar.

Al final de todo, mi abuelo y los demás vecinos, hicieron tanto por su comunidad, que quizá algún día mis nietos recordarán la memoria de quien en vida ha sido él. Además, él me enseñó que en octubre se tenía que ir al cementerio, esto con el fin de poder limpiar y pintar la tumba de nuestros ancestros. Así el uno de noviembre, sólo se llegaban a poner las coronas o chalinas encima de las tumbas de ellos.

Él tenía el especial cuidado, cuando una cruz de su difunto ya no estaba en buen estado, él tenía que hacerla de nuevo. A pesar de que él tenía muy buena letra, me daba el privilegio de que fuera yo quien le pusiera el nombre a las cruces.

Muchas veces lo vi llorando cuando íbamos a limpiar las tumbas de nuestros ancestros. Escuchaba como aún les tenía tanto respeto a sus padres, que los saludaba y le daba un beso a la cruz. Así mismo, les pedía que le dieran la oportunidad de seguir con vida, para que el próximo año, él tuviera las fuerzas para ir a verlos nuevamente.

Pasábamos por las montañas y cortábamos unas plantas que tenían un fruto que se parecía la cabeza de un pato. Me decía que cortara mis chumos para mis barriletes, mientras él cortaba las ramas más finas, con ellas hacía las palmas de sus difuntos que murieron cuando eran unos niños.

Fueron tantas enseñanzas y costumbres que él tenía. Para algunos hoy en día, esas tradiciones se acabaron, otros todavía las guardan. La memoria que tengo de él y los recuerdos que llevo en mi mente, fueron para hacerme un hombre con sueños y anhelos, para dejar un legado a mi familia.

FIN

JOSÉ, MARÍA Y JESÚS

Mi abuelo era una persona que siempre que había misa en la iglesia católica de la aldea, entraba a escuchar. Yo nunca supe si él se bautizó, si hizo la primera comunión o la confirmación. Conocí que tenía muchos amigos de religiones diferente, aún así, más de alguna vez escuché ciertas conversaciones con ellos.

Había escuchado que mi abuelo sabía un poco o mucho acerca de la biblia, quizá había leído algo, pues en un armario había una biblia muy vieja, pero creo que era la que le habían regalado cuando era niño. Tenía la idea, por una conversación que escuché más de alguna vez.

A la casa de mi abuelito, siempre llegaron a dar las clases bíblicas de vacaciones, él siempre recibió muy bien a cualquier persona, ya sea que lo fueran a visitar o que se fueran a curar de alguna zafadura. "Aunque sea un vaso de café y un tamal, hay que ofrecerle a la gente", decía.

Esa vez escuché algo acerca de un acontecimiento que pasó en el pueblo de Concepción Tutuapa. Dice que él era muy, pero muy niño cuando sus papás lo llevaron a aquel lugar, aunque habían ido a vender pan, también les habían dicho que iban a llegar unos personajes muy importantes.

Dado a que nunca escuché las conversaciones entre adultos, nunca me atrevía a preguntarle, porque nos había enseñado que, cuando él estaba hablando con alguien, nadie tenía que estar escuchando, bueno, excepto niños. Hasta que una vez, estando solos mientras juntábamos papas le pregunté acerca de lo que había escuchado.

"Mira vos güiro, cuando yo tenía tu edad, mis padres eran panaderos. Ellos eran los únicos de aquí que iban a las plazas a vender, principalmente a la de Concepción. Mi mamá se llevaba su canasto de pan, al igual que mi papá. Iban todos los jueves a vender a la plaza de Concepción Tutuapa y los lunes a la plaza de San Luis. Los domingos iban a Tejutla, pero solo a hacer algunas compras. Estas tierras, eran tierras donde se daba muy bien el trigo y el maíz. Cerca del pueblo habían dos molinos de trigo.

Mi hermana y yo, nos quedábamos cuidando las vacas y pastoreando las ovejas, como yo ya no fui a la escuela, aunque solo había aprendido a leer y a escribir, me salí porque estaba muy lejos, además mi papá quería que yo los ayudara.

Aquella tarde me dijo mi papá: "Ahí se alistan y se duermen luego, porque mañana se van a ir con nosotros a la plaza de Concepción Tutuapa, dicen por allí que van a llegar unos señores muy importantes". Esa tarde cortamos mucho zacate para dejarle a las vacas y a las ovejas, así ellas tendrían mucho que comer el siguiente día.

Muy de madrugada él nos fue a levantar. Yo tenía mucho sueño, pero así los acompañé, nos fuimos caminando desde aquí de la casa hasta el pueblo de Concepción Tutuapa. El viaje se hizo tan eterno, yo apenas era un niño y no estaba acostumbrado a caminar tan lejos.

Después si me acostumbre a caminar, ya que muchas veces fuimos a tapiscar café allá el otro lado, por México. Pero eso ya fue cuando yo fui creciendo.

Al rayar la mañana, hacía mucho frío. Yo me tapé con el reboso de mi mamá, mientras ellos vendían el pan que habían llevado para vender. Yo y mi hermana estábamos allí a la par de los canastos de pan. Las personas solo se nos quedaban viendo, porque temblábamos de frío y del reboso solo se miraban nuestro ojitos.

Cuando ellos terminaron de vender, fue momento para ir a conocer a aquellas personas tan importantes. Dejamos recomendados los canastos con las personas que estaban ahí cerca vendiendo tomates y cebollas, luego nos fuimos con rumbo para conocer a aquellas susodichas personas.

Yo los vi tan altos, eran tres, una mujer y dos hombres, todos decían a grandes voces que eran José, María y Jesús, quienes habían llegado allí. Todas las personas se acercaban a ellos y les besaban la mano, ellos les ponían después las manos sobre la cabeza y les regalaban un libro. Poco a poco se fue acercando nuestro turno.

Al acercarme a ellos, los vi tan altos, con el pelo de color rubio y la piel blanca, los ojos eran verdes y sus manos tan suaves, parecía ceda. Cuando mis padres me dijeron que les besara la mano. Así lo hice, ellos me tocaron la cabeza y me regalaron un libro. Yo no sabía que libro era, hasta que llegamos a la casa.

Ahí mismo con ellos estaban otras personas regalando semillas de maíz, decían que con ese maíz la cosecha iba a ser mejor que la que teníamos. La diferencia era que teníamos que ponerle unos granos de varios colores cuando estábamos sembrando y cuando el maíz empezara a crecer. Así mismo que le pusiéramos otras bolitas blancas cuando empezara a salirle el chichoj (la punta de la planta del maíz), esto para que dieran mejores mazorcas.

Papá agarró un poco de aquellas cosas que les habían dado para hacer las pruebas en un pedazo de tierra. Ese fue el inicio del cambio de semillas que nos hicieron. Porque desde ese entonces ahora se le coloca ese fertilizante y urea a la milpa para que pueda dar, sin eso las cosechas ya no se dan.

Nos fuimos de allí, mi mamá y mi papá estaban tan contentos que habían saludado a José, María y a Jesús. Pasamos a recoger nuestros canastos y mi papá nos compró un tamal de carne, porque para ese momento teníamos mucha hambre, también nos compró un vaso de arroz con leche y nos fuimos de regreso para la casa.

Al llegar a la casa, no paré de leer aquel libro y así fue como descubrí que la mamá y el papá de Jesús, se llamaban José y María, ellos habían vivido muchísimos años atrás y que esas personas que llegaron a Concepción Tutuapa, eran solamente personas como nosotros que no tenían nada en especial.

Después de eso empezamos a escuchar de otras religiones que no fuera la católica. Por esa razón y por ese motivo, yo no creo en otras religiones o en otras iglesias. Desde ese entonces tengo suficientes argumentos cuando las personas me comienzan a decir cosas y no son las cosas que están escritas en la biblia.

Ahora entendía porque muchas veces mi abuelo se ponía a conversar con otras personas acerca de la Biblia.

FIN

EL CERRO DE HUIXTLA

¿Alguna vez has escuchado decir que hay lugares a los que les dicen que son lugares encantados?

Hay una gran diferencia entre estar encantado que ser encantado o ser encantador. La verdad es que en mi pueblo, siempre habían muchos lugares encantados, los cuales eran muy famosos, tal vez solo las personas mayores los recuerdan, porque los jóvenes ya no.

Entre lugares y cosas, también existe el pájaro haragán y otros más. Dicen que el pájaro haragán, es un pájaro bonito, el cual se para cerca de ti, si intentas agarrarlo, éste dará un pequeño volido o pequeños saltitos y quedará cerca de ti, como quien dice provocando. Le gusta llevarte por un buen rato así, hasta que, sin darte cuenta estas en la orilla del barranco. Esa es la razón por la cual le llaman encantado a ese pájaro encantador.

Este era el caso de un lugar hermoso, allá en el otro lado, así se refería el abuelo a la parte de México donde iban a cortar café, aquel lugar llamado Santo Domingo. ¿Realmente dónde queda? Nunca lo he encontrado en el mapa, mi abuelo decía que estaba a varios días de camino, más allá del Tajumulco, más allá del Tacaná.

Ese año se habían ido como de costumbre a trabajar, era el último año que iban a ir a cortar café, después de todo, era la última cuota que mi abuelo le iba a pagar a su tío por el terreno que él le había vendido.

Después de terminar la época de la cosecha de café, ellos se habían ido a dejarle el último pago a su tío en el pueblo, hace muchos años ya que él se había mudado a vivir a aquel lugar. Mi abuelo tenía mucha familia por aquellos lugares de México, yo solo conocí a uno de sus primos de mi abuelo una vez que nos llegó a visitar, esa vez nos había llevado un racimo de bananos morados, naranjas y otras frutas que solo se dan en la costa. Ese día también nos llevó unos patos, eran de un color encantador.

En aquella ocasión, ellos durante mucho tiempo habían escuchado del cerro de Huixtla o la cueva de Huixtla, pero nunca habían podido ir. Esa vez el tío de mi abuelo se había complacido en invitarlos. Al principio no estaban muy de acuerdo, debido a que habían escuchado que en aquel cerro había una cueva, la cual era encantada, nadie podía decir que era lo que realmente pasaba ahí, porque dicen que las personas que habían intentado contarlo, se habían quedado mudas.

Caminaron por mucho tiempo hasta que llegaron a aquel lugar. Entonces para sorpresa de ellos, en la entrada había un rótulo que decía: "Bienvenido, coma todo lo que quiera y todo lo que pueda". Para ellos era una gran sorpresa, nunca habían estado en un banquete tan grande como el que se miraba.

En la entrada de la cueva estaba una hermosa canasta llena de uvas rojas, <que raras uvas>, dijo el abuelo. Después de ese canasto, había otro con fresas, luego otro con moras tan bellas y hermosas, como las que rara vez se encontraban en la montaña abajo de las casas de mi abuelo. Tomaron una de cada una, luego mientras iban caminando encontraron todo tipo de frutas, verduras cocidas, carnes de diferentes tipos de animales. Ellos comían y degustaban de toda aquella comida.

Al abuelo se le ocurrió la gran idea de llevarse unas cuantas frutas en la bolsa de su pantalón. El tío de ellos lo vio y le advirtió: "No puedes llevarte nada de aquí, si lo haces nunca vas a salir." Era cierto, ellos habían escuchado que muchas personas que habían llegado a este lugar, nunca regresaron. Ahora el motivo el abuelo ya lo sabía, podías comer todo lo que quisieras, pero no podías llevar nada. Siguieron comiendo, probaron de todo lo que había ahí, mangos muy maduros, sandías, papayas, piñas, etc. Comieron hasta que ya no pudieron.

Cuando los abuelos decidieron irse, uno de los señores que entró con ellos al lugar, ya no salió. Nadie supo donde se había quedado. Unas personas dijeron: "Nadie tiene que quedarse, porque si alguien se queda por querer alimentarse todos los días y no trabajar, nunca lo van a encontrar".

Ellos estaban tan llenos, que hubieran querido sentarse un buen rato a descansar. A mi abuelo le dieron ganas de quedarse por más tiempo, pero escuchó lo que habían dicho y se arrepintió. Al comenzar la bajada del cerro, empezaron a sentir hambre. Ellos jamás habían comido ahí adentro.

A los pocos meses, encontraron a aquel señor que los acompañaba, era uno de los que iba en la cuadrilla cuando se fueron de San Marcos, estaba en la plaza sentado, con la vista opaca, casi no podía ver, sus ojos se miraban nublados, estaba medio mudo o tartamudo, pero se notaba que estaba medio loco.

Así como estos lugares, hay lugares por ahí cerca de donde mis abuelos viven, donde según, son cuevas que están encantadas. Las personas que entran a esas cuevas, miran una pequeña poza y entre el agua, hasta el fondo, un gran pedazo de oro, pero quienes lo han intentado sacar, se han ahogado en el intento o han desaparecido y nunca más los han encontrado.

¿Cuándo vamos a un lugar encantador?

FIN

RAMÓN

Ramón era un hombre atrevido, durante su niñez había sido muy travieso, sus travesuras eran muchas, una vez se le miró montado encima de una oveja, otra vez se le había visto montado en una yegua mirando para atrás. Había muchas cosas que hacía, que a medida que fue creciendo, siempre le hacía bromas a los demás niños y jóvenes.

Una vez, incluso le puso abono de conejo entre los frijoles de su primo. Con el tiempo, se comenzó a juntar con personas más grandes, debido a eso, fue aprendiendo a beber cusha. Se emborrachaba de vez en cuando, así hasta que poco a poco, lo hizo más seguido y después se convirtió en vicio. Cuenta mi abuelo que aquel día su vida cambiaría para siempre.

Entre todos los muchachos de la aldea, se habían puesto de acuerdo, decidieron ir a escalar el volcán Tajumulco. Sería una gran aventura. Comenzaron a subir de noche, sus deseos más grandes, eran contemplar el amanecer. Decían que era mágico, que era hermoso. Llegaron de madrugada a la cima del volcán. A esa hora ya se encontraban unos brujos haciendo su fogata. Habían cargado con chompipes hasta aquella pequeña planada, la cual se encontraba en la cima del volcán. Buscaron algunas piedras grandes para poder encender su fuego y que éste se mantuviera encendido, debido a que había demasiado frío y mucho aire.

Los muchachos pensaron que sería mejor tomar guaro o cusha para poder mitigar el frío violento, el cual penetraba hasta el punto más débil de los huesos. No había ropa que pudiera detenerlo, además parecía que había sido mala idea subir en diciembre. Ramón fue uno de los que tomó mucha cusha, al principio no dejaba de tiritar, hasta que se terminó dos botellas de aguardiente, en unos minutos, el licor había hecho efecto en él. Estaba hablando cosas sin sentido y actuando de una manera loca. Bailaba sin música y gritaba de la emoción. ¡Ayayayai-ajúa, ayayayai- ajúa!

Seguía bailando, mientras a lo lejos miró como aquel brujo o chamán destazaba un chompipe, la cabeza la había puesto a la par del fuego, mientras apagaba el fuego con la sangre del animal degollado. Hacía un ritual. Mientras éste brujo hacia su ritual, Ramón pensó que sería chistoso o que incluso era un chiste lo que aquel brujo estaba haciendo y decidió acercarse a él.

Se acercó a la fogata que estaba rodeada con un montón de candelas de colores, el brujo tenía un pañuelo de color rojo amarrado a su cabeza, decía palabras en idioma Mam, un idioma que Ramón y sus amigos no entendían. Ramón estaba muy ebrio, se acercó y comenzó a jugar con la cabeza de aquel chompipe. La puso a la altura de sus ojos y con su boca comenzó a hacer los sonidos del ave, "caldo-caldo-caldo". "Caldo-caldo-caldo", repetía, mientras el brujo terminaba de hacer su ritual. Luego lo miró y fue a quitarle la cabeza, le dijo palabras en aquel idioma que él no entendió. Ak´i ajab´ab kul´e alk´al´a chi´chol ix'camik'.

El brujo siguió con su ritual y después puso el chompipe encima de las pocas brasas de color rojo que aún quedaban. Al ver esto Ramón, se enfureció. Sus amigos trataron de evitarlo, pero nada pudieron hacer. Se acercó a donde estaba el brujo, pateó sus cosas, las candelas, las brasas y el chompipe que estaba sobre ellas. El brujo solamente le hizo una mirada que penetró hasta los más profundo de cada uno de los muchachos que sostuvieron a Ramón. En eso pronunció las palabras: "El otro año no vas a estar aquí".

Los muchachos pensaron que aquel brujo había pensado que ellos llegaban todos los años. Ellos trataron de calmar a Ramón. Después de aquel incidente, él seguía alegando y gritando, hasta que lo lograron calmarlo. La mañana empezó a rayar, se asomaron los primeros rayos de luz, la estrellas en el cielo comenzaron a apagarse, y los rayos del sol comenzaron a iluminar el firmamento. Contemplaron todos aquellos volcanes de la sierra de los Cuchumatanes, desde el más pequeño hasta el más grande. Después de aquella aventura, descendieron del volcán y se fueron de regreso a casa.

Dos días antes de la Navidad del siguiente año, encontraron a Ramón muerto cerca de un arroyo. La noche anterior su familia había dicho que lo escucharon hablando solo, como si hubiera estado discutiendo con alguien. De hecho andaba muy ebrio y ellos pensaron que el guaro lo había hecho alucinar cosas. La verdad es que nadie había entendido su muerte hasta que alguien recordó el incidente, aquel que había ocurrido en el volcán Tajumulco hace casi un año ya.

FIN

PEDRO UR DE LOS MALES

Mi abuelo le encantaba contarnos muchas historias de un hombre llamado Pedro Ur de los Males. Quizá lo escuchó o en algún momento se lo contaron o no sé, pero yo siempre lo escuché hablar de él, así como de un tal don Chebo o un tal Juan No. Pedro Ur de los Males, era un típico hombre que siempre salía más listo que cualquiera. Él hacía de todo para salirse con las suyas. Era un hombre muy astuto, quizá de mis cuentos favoritos.

"Cierto día Pedro Ur de los Males, retó a Sansón, el hombre más fuerte que ha existido en el mundo. Se dice que Sansón podía pegarle a un árbol y atravesarlo de un puñetazo.

"Yo sé que sos el hombre más fuerte del mundo y que nadie puede vencerte, pero el día de hoy vengo a retarte", dijo Pedro Ur de los Males.

"He escuchado que puedes atravesar un árbol de un puñetazo. Así que quiero demostrarte que también yo puedo hacerlo".

"La verdad no me gusta hacer ese tipo de competiciones, yo solo uso la fuerza cuando es necesario" respondió Sansón, no quería aceptar. Él sabía que no había en la tierra otro hombre más fuerte que él.

Al fin de tanto rogarle, Pedro Ur de los Males convenció a Sansón.

Toda la gente de aquel lugar fue a ver lo que iba a suceder. En el bosque Sansón se paró cerca del primer árbol que encontró, todos se quedaron viendo como de un puñetazo había traspasado el árbol. Luego Pedro Ur de los Males, se acercó a uno de los que él había escogido e hizo lo mismo.

Sansón no lo podía creer.

¿Cómo, eso es posible? Dijo titubeando, incrédulo, con los ojos sin parpadear como un chivo ahorcado. Por lo que volvió a pegarle a otro árbol, al cual le hizo nuevamente un agujero al traspasarlo con un puñetazo tan fuerte.

No conforme, Pedro Ur de los Males fue a otro árbol e hizo lo mismo, de un puñetazo y sin pensarlo, traspasó el árbol.

Era la segunda vez que Sansón se quedó incrédulo. No conforme, Sansón hizo lo mismo. Escogió otro árbol y al momento de darle el puñetazo, éste se rompió.

Pedro Ur de los males, buscó otro árbol e hizo lo mismo, logró atravesarlo de un solo puñetazo. Sansón desde ese momento lo respetó, todos admiraron a Pedro Ur de los Males como otro hombre tan fuerte.

El día anterior, Pedro Ur de los Males había estado en el bosque, había hecho un hoyo en muchos árboles a la altura donde podía vérsele pegar con su puño, rellenó con aserrín el agujero que había hecho, luego los tapó de alguna manera con la misma corteza, el siguiente día, iría a retar a Sansón".

Ese Pedro Ur de los Males era tan astuto, nadie sabe cómo le hizo, para que Sansón no se diera cuenta", dijo mi abuelito al terminar de contarnos acerca de aquel hombre que siempre se la ingeniaba.

FIN

EL NIÑO MONO

Era una tarde tan bella, en el horizonte se podían observar las nubes con los últimos rayos del sol, con un color rojizo y amarillento, como si hubieran encendido fuego y quedara el rescoldo. Siempre mi abuelita decía: "wiros vayan a cerrar el gallinero, ya está entrando la noche, porque si no van ahora se les va a olvidar, además no sea que vaya a pasar el coyote y se va a llevar las chompipas".

Mi abuelo levantándose de la silla donde estaba sentado frente a la plancha, salió y dirigiendo su mirada hacia el cielo donde las nubes se veían de esa manera dijo: "miren wiros, ustedes no se han dado cuenta, allá cerca del volcán se ve que en las nubes hay recado. ¿Quién quiere ir a comer recado? Preguntó a quienes estábamos allí. El recado era una de mis comidas favoritas y me emocionaba cuando él se refería al color de las nubes. Creo que no había momento más feliz, que cuando mi abuelo decía que en el cielo había recado. Eso me hizo amar los paisajes cuando se ocultaba el sol.

De pronto entró la noche, en el cielo se encendieron los luceros y las estrellas. Nosotros habíamos ido a cerrar el gallinero, después de eso empezaba a hacer un poco de frío, agarramos una silla cada uno con mis hermanas y nos sentamos alrededor de la plancha, con nuestros oídos dispuestos a escuchar a mi abuelo o abuela, en cualquier momento se les escaparía una historia.

Mi abuela fue quien comenzó esta vez diciendo:

"Hace algún tiempo en la comunidad donde yo vivía, existió un niño, el cual todas las veces que su mamá le mandaba a hacer algo, él le respondía de mala gana, no le obedecía e incluso muchas veces salía corriendo de donde estaba, para irse para otro lugar.

Era un domingo en la mañana, como de costumbre, su mamá le dijo que fuera a hacer algo, pero él no quiso como todos los días. Se había vuelto costumbre que él no le hiciera caso, le levantaba los hombros en señal de no importarle nada.

Cada vez que él no le obedecía o le levantaba los hombros, ella se enojaba mucho. Eso pasó aquel día, cuando ella lo mandó y él no quiso ir, fue tanto su enojo qué agarró un asial de cuatro puntas de cuero, con aquel asial arriaban las ovejas para que obedecieran y le quiso pegar.

Él niño muy enojado empezó a huir de su madre, se escondió de ella donde ella no lo podría encontrar. Se fue a donde estaba el corral de las ovejas y se quedó por un buen rato allí. Regresó a casa y su madre lo estaba esperando, ella pensaba que su hijo se había puesto muy rebelde.

Ella le preguntó dónde había estado, él no quiso responder y le levantó la voz, respondiendo que a ella no le importaba donde hubiera estado él. Ella trató de calmarse y le mandó a que hiciera algo más. El niño muy enojado le gritó a su mamá que no lo mandara, y cuando su mamá intentó corregirle, él intentó pegarle a su madre, el niño tenía aproximadamente 12 años.

Su mamá no aguantó y corrió a donde estaba el asial nuevamente, pero el niño astuto corrió con rumbo hacia el bosque. Su mamá lo siguió, pero no pudo alcanzarlo, se fue lejos de donde ella podía verlo, se subió a un árbol. Ella trató de buscarlo para advertirle algo, pero ya no pudo.

En cuanto se subió al árbol, se encontró a alguien que tenía el aspecto de un mono y le preguntó: ¿Acaso a vos también te han sacado de la casa? si realmente quieres ser libre de tus padres, yo te puedo ayudar, le dijo aquel personaje. El niño asustado, no sabía que responder.

• "Yo también me cansé de mi mamá y de mi papá, ella me pegaba mucho. Me mandaba a hacer cosas y yo no obedecía, yo quería irme de la casa, por lo que me vine aquí al bosque, ahora soy libre, puedo correr, saltar, comer lo que yo quiera y me la paso de rama en rama y de árbol en árbol. He sido muy travieso y nadie me ha dicho nada.

El niño comenzó a pensar las cosas, hasta que al final accedió, porque estaba cansado de tanto sufrir, por los golpes que su madre le daba por no obedecer.

El hombre aquel le dijo: "Para que yo pueda ayudarte, tiene que salir el deseo desde los más profundo de tu corazón, querer ser libre como yo, solo tienes que empezar a caminar sobre las ramas de los árboles, hasta llegar a la cima de aquel gran pino que está allá." Le mostró el pino más alto que se encontraba como a unos 50 metros de donde estaban.

En el transcurso de unos minutos, mientras él trataba de pasar de rama en rama, cuando sintió, estaba hasta lo más alto de aquel árbol, era el que más sobresalía entre la montaña. De pronto miró sus manos y éstas ya empezaban a ponerse muy peludas, por lo que él niño se empezó a asustar, después de eso sintió que algo le estaba golpeando por atrás y quiso quitarse la rama del árbol, pero al tocarse era una cola la que le había salido en el trasero.

Aquel que quiso ayudarle, simplemente lo convirtió en mono y le dijo qué, a partir de ese día, él sería su papá y lo que él comiera, él también comería. Todos los días salía desde muy temprano en la orilla del bosque a aullar como mono, a saltar de rama en rama, siendo travieso y siendo libre de regaños.

Su mamá lo estuvo buscando, pero no lo encontró, incluso entre todos los vecinos empezaron a buscarlo en el bosque, la mamá estaba muy preocupada, porque no lo encontraban.

Un día unas personas se dieron cuenta que había un mono, el cual todas las mañanas salía a la orilla de los sembrados, dijeron que posiblemente era aquel niño, porque siempre gritaba una palabra que parecía el nombre de la mamá. Aquel día la mamá fue a donde le dijeron que salía y ella lo reconoció, era una intuición de madre, además aún tenía rasgos humanos.

La mamá preocupada por su hijo, así como cualquier otra madre se preocuparía, buscó ayuda, incluso llegaron sacerdotes a hacer misa para poder recuperarlo, pero fue imposible.

Un día llegaron unos cazadores, iban con perros, hondas y rifles, pero no pudieron hacer nada. Fue la última vez que intentaron atraparlo para curarlo, pero aquel niño mono se desapareció entre aquella montaña virgen y nunca, nadie más volvió a verlo. Desde ese entonces, todos los niños de la aldea empezaron a obedecer a sus padres."

Todos atentos con mis hermanos, empezamos a obedecer aún más, porque nos dijeron que, si no obedecíamos y nos corríamos hacia la montaña, nos íbamos a convertir en monos.

FIN

EL MORO

Hace mucho tiempo atrás, en la aldea donde vivía él, las casas eran de techo de pajón y paredes de adobe. En los días lluviosos, se podía contemplar el agua cayendo del techo, con una lluvia que, aunque hubiera estado lloviendo a cántaros, se escuchaba tan suave, que apaciguaba el momento. Se escuchaban los truenos y se miraban los rayos que iluminaban los cielos grises.

En el momento que paraba de llover y se aclaraba el lugar, y las tinieblas que cubrían la aldea se marchaban por unos segundos, se podía apreciar el volcán de Tajumulco y los cerros que están a su alrededor, en todo su esplendor. Se escuchaba el sonido de las palabras entretenedoras de don Belisario, nuevamente empezaba a contar aquellas historias para entretener a sus nietos o a los que estuvieran con él. Esa tarde les iba contar algo que quizá cambiaría la manera de ver las cosas.

"La tarde anterior estuvo lluviosa, los bosques estuvieron muy húmedos por la noche y el rocío en la mañana mojaba los zapatos de hule de las señoras que iban al molino temprano. El dulce aroma de los pinos, encinos y alisos, así como el canto de las aves, eran tan bellos aquella mañana, pero después de ese día nada volvería a ser igual. Romeo tenía seis años de edad, su madre había ido a buscar hojas entre la milpa para hacer los tamales, habían matado una gallina, harían caldo de pollo criollo.

Su abuela lo mandó a traer leña para que el fuego no se apagara, la gallina ya se estaba cocinando en las ollas de barro, ya se podía sentir el aroma del apazote. La gallina criolla tomaba un poco de tiempo para cocinarse, pero sería lo más delicioso de las delicias. Claro, no todos los días se comía carne, era una vez al mes, o a los dos meses o incluso pasaba mucho tiempo para volver a comer pollo criollo.

El niño era tan colaborador y obediente, seguro había escuchado la historia del niño mono o la niña serpiente. Se fue a traer mas leños de la tarea que estaba atareada contra la pared de atrás de la cocina. En aquella época no había baño cerca de la casa, ni muchos menos baños lavables. Los niños y los adultos orinaban atrás de la casa o por ahí cerca, de todas maneras, se desaparecía entre la tierra polvorosa de color canela, ya que no había ni piso de cemento en las casas, aunque algunas tenían piedra en el patio, atrás no había más que tierra y monte.

En ese momento a Romeo le dieron ganas de orinar, caminó un poco más, hasta llegar atrás de la casa, donde había grama y unas cuantas matas de salvia santa. Mientras orinaba, de la otra esquina vio que un animal se le fue acercando, tenía el aspecto como de un perro como los perros de la casa, pero no lo era, sus ojos eran rojos como el fuego, y su cabeza parecía ser como el de un lobo, parecía que su pelaje era como el de una oveja, sus orejas eran tan grandes y de dientes afilados, los cuales se notaron más cuando abrió su boca para decirle: "He venido por ti".

En ese momento él dejó de orinar, se fue corriendo hacia la cocina donde su abuelita estaba y le dijo que el moro lo estaba persiguiendo, iba llorando que se fue a meter debajo del delantal de su abuelita y ella lo defendió. Lo abrazó y le dijo que no tuviera miedo. Él lloraba sin contener el llanto bajo el delantal de su abuelita. No sacó su cabeza para ver, sólo sintió cuando aquel animal, llegó a olfatearlo y al ver a la valiente abuelita que lo acurrucaba en su regazo, se fue y nunca más volvió.

Desde ese día Romeo no volvió a ir a orinar atrás de la cocina, porque sabía que el moro estaría ahí. Su abuelita y todos trataron de convencerlo que no había tal animal, que era el perro de algún vecino, pero él siguió creyendo que aquello no había sido un animal, que había sido el moro.

Fue un miedo tremendo el que había sentido, pero lo más importante fue que aprendió a vencerlo a medida que fue creciendo. Nunca se le olvidó lo que había pasado aquel día, el moro si existía y era real, solo en su pensamiento. Cuando creció tuvo el valor de enfrentar a aquel moro que nunca más se volvió a aparecer. De niño no quería estar solo, prefería estar con su familia, especialmente con su papá y su mamá."

Cuando mi abuelo terminó de contar, sus nietos y los demás estaban escuchando atentos y los asustó diciendo: "No vayan a orinar de noche, porque se les puede aparecer el moro", y desde ese día todos los niños pequeños dejaron de ir a orinar atrás de la casa y empezaron a utilizar el baño, además su hermana dejó de orinarse en la cama.

FIN

EL HOMBRE HUEVÓN

Cuenta la historia que en una ocasión, había un hombre llamado Rogelio, vivía solo con su madre, ella todos los días lo mandaba muy temprano a preparar la tierra para sembrar. Rogelio se iba de mala gana, él realmente no quería trabajar. A sus cortos 20 años, no le gustaba ir a trabajar la tierra, solo quería estar sentado o haciendo cualquier otra cosa que no era productiva, quizá durmiendo.

Aquella mañana mientras Rogelio de mala gana empezaba a dar algunos azadonazos en la tierra, se quedaba mirando hacia el cielo azul, hermoso, inmenso. La mañana era fresca, con un poquito de frío, pero que animaba a que los shewes empezaran a hacer sus trinos mañaneros, junto a los pitsitos o las parlamas, así como los zanates, todos aquellos en la orilla de los terrenos, encima de los árboles que rodeaban la tierra lista para ser trabajada. Como si ellos exigieran que Rogelio también trabajara, para que así tuvieran que comer.

Daba unos cuantos azadonazos y luego se sentaba en el azadón. Un conejo se apareció brincando por ahí, a Rogelio hasta le dio pereza espantarlo. De repente llegó su mama con el desayuno. Ella lo comenzó a regañar, porque quería que él fuera un hombre trabajador, al menos que labrara la tierra para sembrar el maíz.

• Si no vas a chuquear, el terreno no va a estar listo cuando caigan las primeras lluvias de marzo para sembrar, además si sembramos así, la milpa no va a salir.

• Yo no sé qué quiere usted mamá, desde que papá no está, esto ya no es igual. Él era quien sembraba, ahora yo no puedo hacerlo.

• Intenta, si no podes, yo te puedo seguir enseñando.

De mala gana, después de que terminaron de comer, él comenzó a chuquear, con una paciencia y con unas ganas que el azadón no avanzaba solo, ni se movía un instante. La mamá de Rogelio se había ido a buscar unas hojas de canaque para envolver los tamales. Después, ella se fue para la casa.

Era casi medio día, Rogelio no había avanzado casi nada, se había sentado encima de su azadón y contemplaba el horizonte. Se quedó mirando como un zopilote daba vueltas por ahí, esperando que era lo que el zopilote iba a hacer. De pronto miró que aquel zope bajó en picada y después de un buen rato se levantó.

El zopilote había levantado su vuelo, y después de dar unas cuantas vueltas, se fue a parar en una rama de un chingle que le hacía sombra a Rogelio. Algunas ramas tenían las hojas secas y éstas se habían caído con el viento. Se paró ahí aquella ave de rapiña. Sin saber qué hacer, Rogelio tampoco la quiso espantar.

Después de unos minutos, miró que aquel zopilote se fue otra vez, daba vueltas en cielo, subía y bajaba, iba de norte a sur, de este a oeste, se paraba en los árboles cercanos y alzaba nuevamente el vuelo. De pronto volvió a pararse en el chingle que estaba ahí.

• "Cómo quisiera ser como ese zopilote", dijo Rogelio.

Aquel zopilote a los lejos escuchó lo que Rogelio había murmurado. Rogelio seguía sentado sobre su azadón. En eso el zopilote dio un pequeño volido y se acercó a él dando unos pequeños brincos.

• ¿De verdad quieres ser como yo? preguntó el zopilote.

Rogelio sorprendido que un zopilote le estuviera hablando, no sabía si responder sí o no. Mejor se quedó callado y no dijo nada.

• No te preocupes, mi nombre es Rosalío, pero mis amigos me dicen Chalío, soy un zopilote experimentado y si quieres ser como yo, es fácil, yo te voy a enseñar todo para que podas vivir una vida tan maravillosa como la mía.

Rogelio estaba intrigado, por lo que aquel zopilote le estaba ofreciendo, humanamente no era posible, pero sintió curiosidad, además lo terminó de convencer que tendría todo el tiempo del mundo para volar o estar parado en las ramas de los árboles, así que le dijo que sí, sí quería ser como él y que le enseñara.

• Muy bien, primero tienes que quitarte la camisa y me la das, yo me la voy a poner. A vos te voy a dar una de mis plumas y te la vas a colocar en tu mano, vas a cerrar los ojos y vas a apretar con todas tus fuerzas la pluma. Vas a sentir unas cosquillas, pero de ahí todo va a estar bien.

• Me parece perfecto, dijo Rogelio emocionado.

Así lo hicieron, cuando Rogelio se dio cuenta, él era ahora Rosalío. Se había convertido en un ave de rapiña, por lo que se espantó al ver a aquel hombre y se fue volando.

Aquel zopilote estaba tan emocionado, había visto que era lo que Rogelio tenía que hacer y no hacía, así que tomó el azadón y comenzó a labrar la tierra. Cuando llegó la mamá de Rogelio, se puso muy contenta al ver que su hijo había avanzado mucho, ella llevaba almuerzo y le dio de comer.

Así pasaron unos dos días, Rosalío había terminado de labrar la tierra, de pronto un zopilote se le acercó, era Rogelio y le dijo:

• He sido muy feliz volando en el horizonte y durmiendo, pero ahora tengo mucha hambre y no sé dónde conseguir comida.

• Es simple respondió Rosalío, vas a subir hasta lo más alto. Dando vueltas te vas a fijar donde salga un humito, ahí es donde está la comida.

• Está bien, muchas gracias por el consejo, dijo Rogelio alzando el vuelo.

• Hasta luego, pero ten mucho cuidado, otros animales pueden llegar antes, así que apresúrate.

Rogelio ya no escuchó lo último que le dijo Rosalío, se había ido con prisa.

Después de muchos días, Rosalío ya se estaba poniendo muy gordito, se había recuperado, la mamá de Rogelio lo trataba muy bien, aunque ella siempre se preguntaba, porque si su hijo, aunque se bañara, tenía un olor bien raro.

Allá en el horizonte, Rogelio volaba sin encontrar comida. Se había puesto muy flaco, apenas si podía volar. Aquella mañana se despertó temprano de su guarida y salió a volar en lo más alto. A lo lejos miró que salía un humito. "Ahí está mi comida", se dijo. Apresurándose voló hacia aquel humito, al acercarse, era un perro que estaba muerto, ya empezaba a descomponerse y por eso era aquel humito que salía de ahí, solo los ojos de un zopilote podían notarlo.

- ¡No no puedo comer ésto, no es posible, que asco!

Se regresó a donde estaba Rosalío y le contó que era lo que había encontrado al ver el humito. Entonces Rosalío le dijo:

- Se nota que aún no has aprendido, eso es lo único que podemos comer, así que si no querés morirte de hambre, deberías de regresar y comer.

Rogelio se regresó a donde salía aquel humito. Se acercó con asco a comer, así lo tuvo que hacer, tenía hambre y era lo único que podía comer. Después de alimentarse, se fue a buscar a Rosalío nuevamente, miró como la siembra empezaba a crecer, toda pareja, ni unas matas más altas, ni otras muy bajas. Así que se le acercó y le contó todo lo que había pasado.

• No es fácil ser quien uno es, muchas veces deseamos tener la vida de otros y no nos preocupamos por nosotros. Siendo humano es fácil trabajar la tierra para comer, siendo zopilote esperas a que haya un animal muerto para limpiar la tierra, esa es nuestra función, dijo Rosalío.

• Ahora lo sé, perdona por querer tener tu vida, ahora seré más trabajador y haré todo lo que mi madre me diga que haga, cosecharé las mejores verduras y legumbres, alimentaré bien a mi madre y no seré envidioso con ningún animal del campo.

Dicho esto, Rosalío se quitó la camisa y le pido una pluma a Rogelio, hicieron lo mismo de antes, y el uno y el otro volvieron a ser como desde el principio, uno zopilote y el otro hombre.

FIN

LAS BRUJAS

Al caer la tarde, cuando los grillos empezaban a escucharse allá escondidos entre el monte o atrás de la casa. El sol se empezaba a ocultar en medio del volcán Tajumulco y el volcán Tacaná. En ese momento mi abuelo le decía a todo mundo que estuviera afuera, que era momento de empezar a entrarse a la cocina, que no dejaran solos a los bebés en la sala. Por allá a lo lejos se escuchaban los ladridos de los perros. Los perros de nuestra casa a veces contestaban con ladridos a los otros perros.

Esa noche mi abuelo enfrente del fuego empezó a entretener a todos sus nietos. Comenzó a contarles aquello que siempre le preocupaba:

"Hace mucho tiempo atrás, mi mamá y mi papá nos decían qué en la tarde, cuando entrara la noche, ningún bebé debía de estar durmiendo solo en algún cuarto. Porque existían en el cielo unas brujas que andaban en busca de bebés, ellas podían escuchar el llanto de un bebé y bajan a ver si estaba solo. Si ellas lo encontraban solo, entonces se lo llevaban con ellas."

Sucedió una noche en una aldea muy cerca de donde nosotros vivimos, estaba el bebé durmiendo. La mamá había trabajado todo el día entero en el campo, por esa razón no lo quiso cargar en la espalda. Ella estaba exhausta, dejó a su hijo durmiendo en el cuarto encima de la cama. Ella se confío que su hijo estaría durmiendo. Se fue a la cocina preocupada porque tenía que hacer cena para la familia.

Se fue recoger unos leños allí atrás de la casa donde tenían las tareas de leña. Regresó a la cocina y se fue a moler el maíz en la piedra de moler. Entre tanto ruido, se entretuvo, se puso a cantar una canción que hace tiempo había escuchado en el pueblo.

Entre tanto, ella estaba muy ocupada en la cocina y los demás estaban calentándose cerca de los tetuntes. Estaban risa y risa. El espacio que dividía el cuarto y la cocina, era mucho. Su bebé se despertó y comenzó a llorar, lloraba tanto y tanto, pero ella no lo pudo escuchar. En ese momento, los llantos del bebé llegaron hasta el cielo donde una bruja se encontraba, ésta lo escuchó y se fue acercando rápidamente para poder ver donde estaba llorando el bebé.

Lo encontró ahí, justo encima de la cama, sin cuido y con un gran llanto. Ella lo vio y lo levantó. Lo tomó en sus brazos y mientras se disponía a salir de la puerta con el bebé, un perro la detuvo. El perro comenzó a ladrar desesperadamente, ladraba y ladraba. La bruja no sabía qué hacer.

Los perros estaban entrenados para cazar y defender a sus dueños, sabían que aquella bruja no era parte de la familia y comenzaron a atacarla, no la dejaban pasar de la puerta, el bebé seguía llorando, se había calmado cuando la bruja lo levantó, pero ahora estaba tan asustado por los fuertes ladridos de los perros. En ese preciso momento la madre y las demás personas que estaban en la casa, escucharon a los perros y salieron corriendo a ver qué era lo que estaba pasando.

Entre los ladridos de los perros, ella escuchó que su bebé estaba llorando, al acercarse se llevó la gran sorpresa de su vida. Los perros ladraban y querían morder a alguien adentro de la habitación. Ella agarró un palo y se dispuso a entrar al cuarto. Se quedó sin palabras.

Vio aquella silueta de color negro con el bebé en brazos, y le preguntó quién era y porque tenía a su bebé. Aquella silueta no le respondió. En eso llegaron los demás familiares, los perros seguían ladrando. Entre todos trataron de quitarle al bebe de los brazos a aquella criatura de color negro, sin rostro, con el pelo largo.

Después de tanto forcejeo lo lograron. Aquella bruja de aspecto humano salió como pudo y estando en la puerta, extendió sus alas y los perros la empezaron a morder, se prendieron de ella y no la dejaban volar. Hacía el intento de volar, pero los perros la perseguían, así como los cuñados y la suegra.

Le tiraban piedras y leños hasta que entre la montaña por fin pudo subirse a los árboles. En cuanto se subió a los árboles, logró zafarse de los perros, herida y dando gritos de ayuda, emprendió el vuelo y se perdió entre las nubes hacia el poniente donde se ocultaba el sol.

Desde ese entonces aquella mujer, jamás volvió a dejar a su bebé solo. Cada vez que estaba durmiendo, ella lo colocaba en una cajita de madera que había hecho para él, le colocaba una cobija y una almohada para que su hijo descansara cerca de ella, mientras ella estaba moliendo en la piedra.

Se corrió la voz entre la gente, que las brujas estaban queriendo robar bebés solos, especialmente si estaban llorando. Entonces el carpintero ahora tendría mucho trabajo construyendo cunas para los bebés. Cunas que las podían llevar a donde las madres podían tener seguros a sus hijos. Las madres de la aldea siempre estuvieron en alerta, por si las brujas querían volver."

Cuando el abuelo terminó de contar aquel cuento, mi hermana de cuatro meses de edad estaba durmiendo en una habitación y empezó a llorar. El abuelo les dijo que fueran corriendo a verla, porque no sea que las brujas fueran a bajar para querer llevársela.

FIN

¡PAN PARA JUDAS!

Se oyen a media noche, por allá entre la montaña, suenan los tambores, suenan los piruretes. Los perros ladran, ladran y siguen ladrando, mientras se van acercando, aquellos que por allá venían gritando y silbando ¡pan para judas! ¡queremos su pan de judas!

Qué ruidasón que no dejan ni dormir, aquellos que van por allá entre la montaña, habían empezado en la primera casa, hasta allá abajo de la escuela. Suenan los botes con una moneda adentro, pidiendo su colaboración, porque Judas, será quemado el sábado de Gloria, después del chamuscón.

Al llegar a la casa, han bajado una marimba, se han puesto a bailar y nadie los puede controlar. Piden su pan de judas, gritan, silban y bailan con judas hasta que por fin, aquello que tanto gritaban, salió del canasto. Lo trae la esposa de don Fausto, en un canastillo, donde vienen cinco o vienen más, grandes o pequeños, son los panes para judas.

Pan de trigo o de harina, no importa, la marimba ha sonado, unas cuantas canciones han bailado, el pan de judas han ganado. Un café con pan les han brindado. Quien toca la marimba, es un marimbero profesional, le ha enseñado a alguien para que toque cuando la cusha le haya agarrado ya.

Usando cheches y costales, paja de trigo para rellenarle las costillas. Alguien emprestó sus zapatos, aunque no se sabe si los recupere. Alguien prestó su traje, quien sabe si lo salven. Un artista hizo la cabeza de judas Iscariote o así le pusieron al muñeco que se hace. Con ojos de canica, unas cejas de cuero de vaca y sin pelo porque es madera.

Todos bailan con Judas, más vale que lo hagan, porque si no bailan, no son hombres y parecen viejas. ¡Qué baile! ¡Qué baile! ¡Qué baile! Grita la muchachada, mientras los viejos beben cusha y los niños piden una choca.

Se marchan otra vez, sonando sus tambores, silbando y otro con los piturretes hechos de tubos o mangueras mal parqueadas. No se llevan nada, solo el pan para judas y unas cuantas monedas que les han donado. Así pasan en unas cuantas casas, recorriendo toda la aldea, aunque en varias los mandan a la casa, en otras les piden que bailen.

Se ha terminado la corrida de judas, llegaron a la última casa, los juderos el pan se han dividido y cada quien para su casa. Jueves en la mañana a comer pan con miel y es momento de probar el pan de los vecinos. Esperando la cuadrangular del Jueves Santo, el Viernes Santo o el Sábado de Gloria.

Así fue como aquella aldea había empezado y es una tradición de los antepasados, las nuevas generaciones se han unido y quizá lo seguirán haciendo por mucho tiempo o haber si no ésto queda en el olvido.

FIN

LA PIEDRA DEL RAYO

En el momento que comenzaba a nublarse, las nubes negras poco a poco se asomaban. Muchas veces se asomaban enfrente de donde vivíamos, otras veces se acercaban arriba de la montaña y otras veces del lado del pueblo. Los truenos hacían estremecer, los rayos iluminaban las montañas.

- ¡Es momento de resguardarse!

Decía con vos de mando don Belisario Barrios.

- Todos debemos de entrar a la cocina o en el cuarto, ya va a empezar a llover. Afirmó mi abuelita.

Cada vez que comenzaba a tronar, todos los antiguos se resguardaban en su casa, sin salir ni siquiera a la puerta de la casa. Lo hacían porque ellos creían que si estaban afuera, mientras llovía y estaba tronando, los podía alcanzar una piedra de rayo.

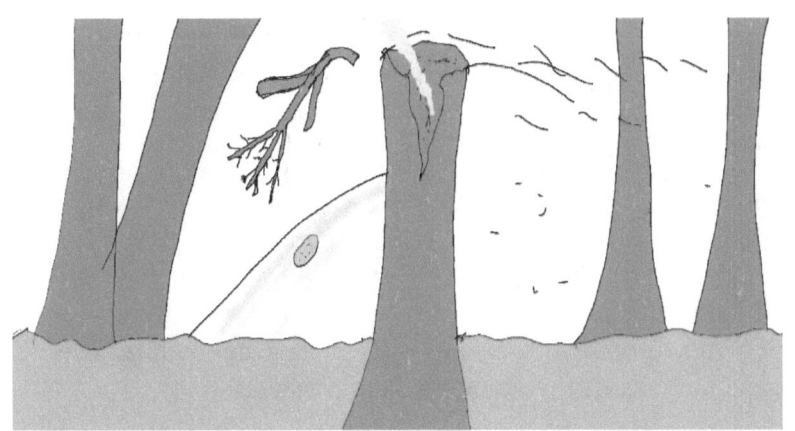

¿Por qué una piedra de rayo? Me preguntaba yo siempre, si lo único que miraba era luz, resplandor, energía. Mis antepasados creían que cuando llovía, en las nubes se formaban algunas piedras, que luego caían a la tierra, eso era lo que había matado antes a vacas, caballos o cualquiera que hubiera estado afuera mientras llovía y estaba tronando.

Aunque lo más peligroso era los relámpagos y truenos en seco. "Es muy importante que todos esten adentro cada vez que esta tronando y lloviendo. Ésta piedra que está aquí, la encontré hace mucho tiempo atrás. Mis padres siempre me habían hablado de este tipo de piedras cuando yo era apenas un niño, esta es una piedra que cayó del cielo en un rayo", dijo mi abuelo, refiriéndose a la piedra que sostenía la puerta de la cocina para que no se cerrara.

Todos los que estábamos ahí empezamos a poner mayor atención y él continuó.

"Una vez mientras caminaba por allá entre los árboles, me quedé viendo como un árbol enorme de pino rojo había sido partido en dos. La curiosidad intrigó mi corazón y le pregunté a mi padre. Yo apenas tenía doce años y él me dijo: "ésto solo es posible cuando un rayo cae a la tierra y pega al árbol; por la fuerza con la que impacta, la piedra es capaz de partir las ramas o el árbol completo".

Observé con mucha atención y no podía adivinar como eso había sucedido, el árbol estaba partido en dos. Cuando caminaba por la montaña, siempre observaba árboles que habían sido partidos, pero más eran los pinos, en especial el pino rojo o colorado, el que daba mucha trementina. Ese día fue como encontré en la montaña esta piedra"

En nuestro terreno era muy poco que alguien encontrara una piedra, debido a que no habían muchas por aquí. La gran diferencia, era que ésta piedra que encontré era semi-redonda, bella como ninguna de las que habían aquí, su forma, su color y su tamaño, parecía una piedra de río. El único río estaba a 50 minutos a pie, por lo que era difícil que una piedra de río estuviera tirada ahí. Contó aquella tarde mi abuelo.

Desde aquel día, en cuanto empezaba a tronar, íbamos a encerrar los animales corriendo, siempre con miedo a que nos alcanzara un rayo. Hasta que una vez, en la casa de mi otro abuelo, mientras caminada con un mi tío, yo encontré una piedra similar y ahí comprendí que todas las piedras que tiraban los rayos eran iguales, moldeadas de la misma manera, ovaladas y lisas. Por supuesto aprendí que las piedras tampoco caían todos los días y en cada rayo, éstas eran raras veces. Y siempre se notaba que había sido un piedra de rayo, porque aparecían cortados los árboles o partidos a la mitad.

FIN

LA CARRETERA DE TEJUTLA A CONCEPCIÓN TUTUAPA

Entre lugares encantados, curvas pronunciadas, peñascos y despeñaderos, bajadas y subidas, así era la carretera de terracería que conducía de Tejutla hacia Concepción Tutuapa, así la conocí. Cuando un carro pasaba, dejaba muchísimo polvo, que vivir a orilla de la carretera era tan difícil, porque lavar la ropa y tenderla, en ese caso era mejor no lavarla, el polvo la ensuciaba nuevamente.

¿Cuántos accidentes no han pasado en aquella carretera? Eran incontables, incluso muchos habían terminado en tragedias, pero especialmente un lugar donde sacan piedra y la quiebran para vender como material de construcción.

Cuenta mi abuelo que en aquel tiempo cuando él era joven, escuchó que cuando estaban haciendo la carretera de Tejutla a Concepción Tutuapa, no podían pasar con los tractores en aquel lugar.

Dicen que era un lugar encantado, que durante el día apenas avanzaban unos cuantos metros, pero que durante la noche la tierra y las piedras volvían a aparecer en el mismo lugar o ese peñasco se derrumbaba a cada ratos.

Muchos años atrás, antes de que esa carretera se hiciera, mi abuelo cuenta que el camino para Concepción Tutuapa pasaba por toda la orilla del río Xolobaj. Pasaba por El Horizonte, Cuyá, luego por Armenia, subía por Shalanshac y después subía a Venecia. Esas eran las primeras aldeas. El camino hacia Las Delicias, estaba por El Paraíso y bajaba por Las Manzanillas, y el otro que estaba por el Mirador. En otro lado, estaba el camino más corto que pasaba por un lugar llamado el puente de las campanas. En aquel lugar a las doce de la noche se escuchaban los sonidos de unas campanas, por eso le pusieron así.

En aquel entonces los caminos eran grandes y amplios, para que pasaran dos caballos con carga sin orillarse el uno del otro. Nadie tenía carro. Todos iban a pie al pueblo o a caballo. Los caballos se dejaban amarrados en algún lugar cerca del pueblo.

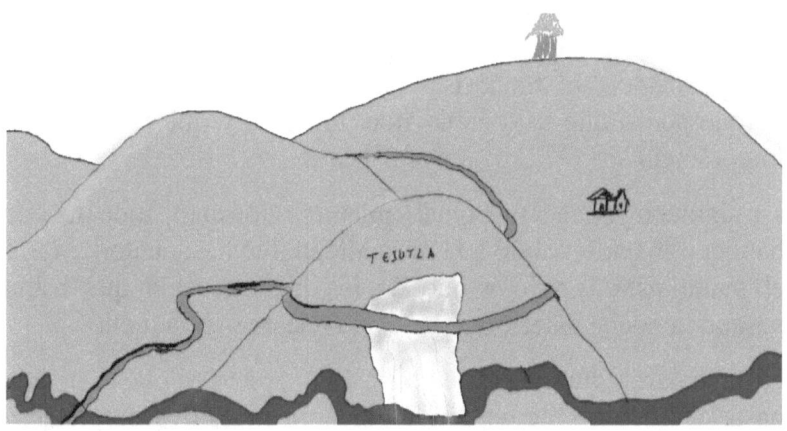

A penas se miraban los primeros carros llegar al pueblo dice mi abuelito. En las calles empedradas, lo único que se escuchaban eran las herraduras de los caballos. Los hombres más conocidos eran los herreros que arreglaban alguna herradura que estuviera molestando a los caballos, así como los talabarteros y los que hacían monturas o sea sillas de montar.

En aquel entonces, no había ladrones y nadie se quedaba cuidando las máquinas o tractores, pero cuando se dieron cuenta que el trabajo no avanzaba, decidieron quedarse a cuidar noche tras noche. Una noche, mientras el tractorista dormía en un tractor, se despertó porque sintió que éste se estaba moviendo, para su sorpresa, la tierra y las piedras estaban volviendo a su lugar.

Se bajó del tractor para ver qué era lo que pasaba. De algún modo tomó valor, nadie más se hubiera animado a hacerlo. De pronto un hombre se le acercó y le dijo: "Quiero 25 cabezas, de lo contrario aquí nunca habrá carretera".

El maquinista pensando que todo había sido un sueño, el siguiente día cuando se despertó, miró y todo estaba igual, la tierra y la piedra había regresado. Todos estaban muy decepcionados, el tractorista no quiso decirle nada a nadie, porque pensó que solo había sido un sueño y que eso no tenía importancia.

La siguiente noche fue igual, mientras dormían, todo lo que habían trabajado volvió a la normalidad, fue hasta entonces que el maquinista le dijo a uno de los ingenieros lo que había pasado la noche anterior y que él sí creía en todo aquello.

No trabajaron durante varios días. El proyecto se quedó parado hasta qué quién sabe de dónde, llevaron cabezas. Completaron las 25 y las enterraron a la orilla de la carretera mientras trabajaban arrancando la tierra de aquella peña.

Nunca más se volvió a regresar la tierra, ni las piedras. Así lograron pasar la carretera por aquel peñasco donde ahora sacan piedra, balastro y material para construir. Ahora, de vez en cuando pasan accidentes por aquella carretera. Mucha gente dice que las cabezas que están enterradas, siempre van a pedir compañía y otros dicen que el encanto se lleva las cabezas para que la carretera siga existiendo.

Años después, arriba de aquella peña pusieron un letrero que dice Tejutla, la tierra es fuerte y todos los días sacan toneladas de materiales. "Ojalá que nunca llegue a caerse toda la peña, es por la que rogaban los antiguos que construyeron aquella carretera".

Así se escucha en muchos lugares, donde han pasado carreteras, qué más de algún lugar es encantado y siempre piden cabezas. Por esa razón también mi abuelo siempre nos decía: "Nunca hablen con desconocidos, ni acepten gaseosas o licor ya destapado, así como dulces o cualquier regalo de personas que no conocen, no sea que lejos de aquí, estén construyendo una carretera y el encanto haya pedido cabezas".

FIN

LA CAMIONETA FANTASMA

Es mucho el miedo a los fantasmas que muchas personas tienen. Muchos dicen que solamente es la sombra de uno y eso es lo que espanta; otros dicen que uno tiene mala sombra o sus pensamientos son sucios y otros dicen que, quizá muchos se han espantado con nada, que es solo la imaginación de la mente y que en realidad no pasa nada y que no existe nada.

Cuentan muchas personas que en aquella carretera de Concepción hacia San Marcos pasaba a las 3 de la mañana la camioneta fantasma, dicen que una que otra persona se había subido a aquella camioneta.

Hace unos meses atrás, una camioneta que corría desde Concepción Tutuapa hacia San Marcos, se había accidentado en la peña que esta antes de llegar a San Marcos. Todos los pasajeros habían muerto, ninguno había sobrevivido.

Aquella mañana don Anacleto se había despertado temprano, subió a la Joya Seca para irse para la Capital, iba a ir a visitar a sus hijos que tenían ya tiempo de no llegar a visitarlo a la aldea.

Él sabía que a las cuatro de la mañana pasaba la primera camioneta, pero aquella mañana él había subido a las tres de la mañana, No quería que la camioneta lo dejara, porque si no, estaría llegando muy tarde a la capital, era difícil encontrar buses para allá en la terminal de San Marcos, después de todo, había que tomar una ahí y otra camioneta en Xela.

Estaba esperando cuando miró que venían unas luces. Se escuchó el sonido de la bocina de la camioneta. Tuut-tuut se escuchó en la vuelta. "No puede ser que venga tan luego", se dijo. Así que se paró de donde estaba sentado. La camioneta había pasado muy luego. Miró su reloj, eran las tres y media.

Antes de que la camioneta se acercara lo suficiente, él prendió su lámpara para hacerle señas al chofer, así éste sabría que alguien estaba esperando.

La camioneta paró en el momento, él se subió. Saludó a todos y nadie le respondió, incluso el piloto no le dio la cara, llevaba puesta la gorra del suéter en la cabeza, se sentía mucho frío dentro de aquella camioneta. Todos los que iban ahí se miraban durmiendo. Después de unos segundos, se apagaron las luces del techo de la camioneta. Solamente las luces en el suelo estaban encendidas, para que él viera donde caminaba para ir a sentarse.

Unos dos kilómetros más adelante, la camioneta paró nuevamente y alguien se subió, era un señor que él conocía, lo reconoció cuando la luz de la camioneta lo alumbró. Antes solo se miraba la luz de la lámpara, haciendo señas para que el chofer parara.

En el momento que se subió, él no se recordó, pero después de un momento se le vino a la mente, que aquel señor había muerto en el accidente que una camioneta había tenido hace unos meses atrás. Él se puso muy mal, se asustó tanto, que comenzó a irse para adelante sin decir nada.

Al llegar donde el chofer, le dijo que se iba a bajar, pero en eso se prendieron las luces adentro de la camioneta y cuando miró a todos, nadie estaba vivo, todos eran calaveras al igual que el chofer. Además, pudo leer un letrero en la parte de arriba del espejo del chofer que decía: Transportes Troas. Como pudo se tiró de la camioneta.

Qué suerte tuvo para contarlo, aquella camioneta era la que se había accidentado meses atrás. Lo bueno fue que el cayó entre la milpa a la orilla de la carretera. Jamás volvió a salir temprano a parar un bus desde aquel entonces, prefirió esperar a que sus hijos lo llegaran a visitar.

Así como la historia de él, muchos decían lo mismo. Salían a parar el bus, pero en cuanto éste pasaba, realmente no había nada, solo se escuchaba el sonido del motor cuando pasaba enfrente y el ruido de las llantas cuando paraba, pero no era nada, era la camioneta fantasma.

FIN

LA PIEDRA LAJA

En la época de mi abuelo, cuando él era muy joven y las canas aún estaban a kilómetros de distancia, las fuerzas de sus brazos, eran tantas que de un azadonazo podía labrar la tierra y ésta quedaba lista para sembrar. Él cuenta que cuando hicieron el camino desde la aldea hacia Tejutla, usaron marros, picos y piochas, una que otra vez azadones, también hicieron toros, maderas jaldas con lazos para arrastrar la tierra.

Abajo, muy debajo de la aldea, pasando el primer riachuelo, antes, mucho antes de llegar a la otra carretera o camino real, hubo un lugar entre la montaña, donde ellos apenas pudieron quitar algunos pedazos de aquella piedra. Era una piedra enorme, que años después, cuando hicieron la nueva carretera, no se animaron a pasarla por aquel lugar. Dijeron que era por miedo a encontrar una piedra tan profunda que no podrían quitar o una piedra encantada, según el tractorista.

Aquel lugar estaba lleno de sombra, todo el camino aquel estaba cubierto de robles, encinos y chingles, unos que otros pinos y cipreses, aunque también abundaban los madrones. Sobre los madrones más de alguien escribió su nombre, junto con el nombre de la muchacha que le gustaba de la aldea. Con mi abuelo encontramos dibujados corazones, con unas iniciales y una flecha.

Cuenta mi abuelo, que cuando ellos hicieron aquel camino, encontraron en aquel lugar una piedra a la que llamaron la piedra laja. Estaba enterrada tan profundo, que nadie sabía cuánto. Lo único que pudieron quitar fueron algunas capas, hasta que solo quedó la parte de la piedra muy lisa y fina, enterrada sin que se pudiera sacar por completo. Todos admiraban aquella piedra laja. Se extendía por más de diez metros de largo. Era como si hubiera sido el piso más fino que existía en la tierra. Por esa razón las personas pasaban con cuidado de no resbalarse.

Algunas personas comenzaron a pasar muy de noche, quizá media noche. Más de alguien terminó espantado. No eran todas las personas por supuesto, solamente aquellas que quizá tenían mala suerte, mala sombra o a las que su mente les juega chueco.

Celestino fue uno de ellos, aquella madrugada mientras iba para el pueblo, escuchó el sonido de la pequeña cascada del riachuelo, pasando por ahí, dice que escuchó unos pasos fuertes, tan fuertes como el tropel de un caballo pasando por encima de la piedra laja.

Así lo escuchó claro. Mientras se fue acercando, los sonidos de los pasos del caballo se acercaban a él. Cuando de repente se acercó al lugar donde según él provenía aquel sonido, realmente no era nada.

Siempre era lo mismo, se escuchaban pasos de caballo, pero al acercarse en la piedra laja, no había nada. Quizá era un armadillo o algún otro animal.

Muchos dicen que escucharon cadenas arrastrando y una que otra vez, el sonido de martillos o piochas.

Lo único que sé, es que cuando yo crecí, admiraba aquella piedra laja. Yo lloré cuando la nueva carretera pasó arriba de aquel lugar. Así mismo otros también lloraron, porque se había enterrado aquel primer camino donde muchos pasaron con caballos, a pie o las primeras motos, los primeros carros, la primera trilladora.

Los que pasamos por aquellos lugares, más de alguna vez nos sentamos a descansar sobre aquella piedra laja, que espera ser desenterrada algún día u olvidada para siempre.

FIN

HUEVÓN, CAGÓN Y TONTO

Era un buen día como cualquiera. En el pueblo comenzó a correr el rumor, que la hija del hombre más rico se casaría. Era una buena oportunidad para cualquier muchacho en el pueblo y sus alrededores.

¿Quién sería digno de poder casarse con aquella muchacha? Era tan bonita, tenía ojos de color miel. Sus hermosos labios, ni gruesos, ni delgados, su piel morena como el color de la canela, usaba perfumes de rosas rojas y se bañaba con jabón de olor. El papá de ella había decidido que haría un concurso, con el único fin de ver quién era el hombre digno, con el cual se casaría su hija.

Llegó el rumor a aquel lugar donde tres hermanos vivían. El primero y el segundo eran muy trabajadores, se la pasaban trabajando de sol a sol, incluso los días nublados, los días lluviosos y con mucho afán por sus cultivos. El tercero era huevón, no le gustaba trabajar, se levantaba cuando quería. Unos días, el sol ya estaba a la mitad del cielo cuando éste se despertaba. Aunque su mamá lo regañara, él no hacía caso. Varias veces, le tuvieron que echar agua fría de la pila en la cara, para que se despertara.

"Iremos el día domingo al pueblo. El hombre más rico va a buscar esposo para casar a su hija, dicen que tiene que ser digno de ella. Nadie sabe que es lo que hay que hacer, pero yo me quedaré con ella", dijo el primero.

"Yo soy musculoso, trabajador y seré el mejor esposo". Dijo el segundo.

"Yo iré con ustedes", dijo el más pequeño.

"No irás a ningún lado, vos sos huevón, además la mujer no va a hacerte caso, sos bien baboso y cagón", afirmaron sus hermanos.

"De todas maneras, iré con ustedes a ver", respondió el joven, como quien dice ni le importaba ir.

Llegó el día esperado, los dos mayores se levantaron temprano, muy temprano. Se alistaron, se pusieron sus mejores ropas, sus mejores zapatos. Ellos usaban botas de hule para trabajar, así que lavaron bien sus pies en la pila.

El más pequeño de los tres, escuchó el bullicio, por lo que se levantó. Tenía curiosidad de ver a la hija del hombre más rico del pueblo y con quien se iba a casar.

Se fue detrás de sus hermanos. Ellos habían avanzado bastante. Los seguía con un paso de huevón. De pronto le dieron ganas de hacer popó, así que se metió al barranco que estaba más allá del camino para que nadie lo viera.

En el acto se quedó viendo entre los matorrales. Justo enredado y protegido bajo unas ramas de salvia santa, había un nido de pajarito. En aquel nido, habían dos huevitos. Eran dos bellos huevitos azules con puntitos negros, tan diminutos. Como era algo tonto, decidió meterse los huevitos a la bolsa del pantalón. Luego pensó que sería mejor llevarse también el nido para seguir calentando los huevitos.

Un ruido de personas se escuchó cerca de él, estaban buscando algo. Por vergüenza, en lugar de enterrar su gracia, la puso en la gorra que llevaba, así ocultó lo que estaba haciendo.

• ¿Qué estás haciendo aquí? Preguntó con voz de mando uno de los señores.

• El viento se llevó mi gorra y la vine a recoger hasta aquí al barranco, respondió el joven algo avergonzado.

• No pensabas robar leña o brosa, ¿verdad?

• No señor, solo vine por mi gorra.

Después de haber pasado aquella pequeña vergüenza, se fue corriendo, tratando de alcanzar a sus hermanos. Al llegar al pueblo, el concurso iba a empezar.

• ¿Qué estás haciendo aquí? Le preguntaron sus hermanos

• Sólo quería venir a ver.

• Mas te vale que no vayas a hacer algo tonto, y nos vayas hacer pasar vergüenza entonces.

Después de unos minutos, el padre anunció que iba a comenzar la ceremonia y presentó a su hija.

La muchacha dijo: "Aquel que responda tres preguntas, será aquel que se case conmigo, atentos pues."

En la plaza del pueblo, frente a la casa de aquel hombre adinerado, se había juntado una gran multitud de hombres. Todos ansiosos por responder las tres preguntas. Todos querían saber las preguntas para tener las respuestas.

• Qué caliente traigo la frente, dijo ella.

Nadie respondió. Era un silencio total entre la multitud. Después de unos segundos, unos con otros se murmuraron, confundidos sin saber que responder.

• Entíviame éstos dos huevos, dijo aquel que consideraban tonto, sacando los dos huevos que había recogido en el barranco.

• ¿Con que leña? Pregunto la muchacha.

• "Por cargas", respondió nuevamente el tonto, sacando el nido de pajaritos.

• ¡Come mierda! Le dijo la mujer, tirándole un insulto.

• Por cachuchadas, respondió el tonto, sacando lo que llevaba en su gorra.

Nadie lo pudo creer, aquel tonto, se había quedado con la muchacha más bonita del pueblo e hija del hombre más rico.

FIN

EL SONIDO DEL MAR

Aquella tarde, mis abuelos habían regresado de Xela, uno de mis tíos y yo los habíamos ido a encontrar allá arriba en la Joya Seca.

Muchas veces yo me había ido con ellos a visitar a mis tías, pero esa vez no pude, estaba estudiando y en la escuela no me habían dado permiso. Quizá porque tenía mucho que estudiar, ya casi eran los exámenes finales.

Era octubre, yo esperaba con ansias las ganas de salir de la escuela, así podría ir a pastorear las ovejas, hacer mi barrilete y poder volarlo.

Mi abuelo me había regalado un costal nuevo, me había alegrado mucho, porque la pita iba a ser muy buena. A diferencia de los años anteriores, sólo costales viejos había conseguido. Las veces que usé los costales viejos, la pita no había aguantado y me había tocado ir a recoger mi barrilete en la orilla del plan. Una que otra vez no tuve suerte y se quedó en la cima del árbol más grande.

Aquel día cuando mis abuelos regresaron, yo estaba muy feliz. Fui corriendo a revisar la canasta que había llevado mi abuelita. La esperanza era encontrar un banano de ceda o alguna que otra fruta.

Encontré en aquella canasta una botella de agua, el agua era diferente a la que yo conocía. En eso escuché a mis abuelos contarle a mi mamá, acerca de aquella aventura.

"Tu hermana nos llevó a la playa de Champerico, estamos muy emocionados, nunca habíamos ido al mar", decían mis abuelos con gran albureo y emoción.

En eso, en el fondo de la sesta habían unas conchas pequeñas y otras grandes, yo solamente las había visto en fotos o en dibujos de los libros que nos daban en la escuela.

Mi abuelo me dijo que las habían recogido para que nosotros las conociéramos, que en la orilla del mar estaban tiradas y que de ahí las habían recogido en la madrugada, cuando ellos vieron el amanecer.

"Nos trajimos un poco de agua de mar, si quieren tomen un poquito, dicen que purifica el cuerpo si uno toma un poquito", dijo mi abuelita.

El agua sabía a sal, realmente era muy salada, que solo pude tomar un poquito, así mismo mi mamá y mis hermanas. Siempre vi los dibujos del mar, los amaneceres o atardeceres. Decían que podías ver a un barco desaparecer en el horizonte, era lo que leía, pero nunca había tenido la dicha. En aquel día me conformé con tomar agua salada y ver las conchas que mi abuelo había llevado.

Mi abuelo sacó de su morral que siempre andaba con él, algo que venía envuelto. Aquel morral de pita de color verde, era donde traía el periódico que a mí me gustaba leer los domingos, así como una libra de manías o cualquier otra cosa. De aquello que traía envuelto con su pañuelo, sacó una hermosa concha. Era grande, que apenas podía caber en mi mano y nos dijo: "Si se lo ponen al oído, van a escuchar el sonido del mar".

Así fue, nosotros nos pusimos a escuchar a través de aquella concha y en efecto, se escuchaba un sonido, sonido a agua moviéndose con el viento. No lo podía creer. No conocía el mar, pero podía escuchar el sonido de él, en aquella concha cada vez que quisiera.

Mi abuelo la puso en aquel armario donde guardaba los libros secretos, y lo dejó ahí. Cada vez que yo quería escuchar el sonido del mar, tomaba aquella concha en mis manos y la ponía en mi oído, así podía escuchar el sonido de las olas.

FIN

EL NEGRO CIMARRÓN

Aquella noche, era muy de madrugada. El esposo de Ana se había ido a trabajar, cuando apenas el lucero de la mañana estaba a tres cuartos del firmamento. Se había ido a trabajar muy lejos, más o menos a 2 horas de donde vivían.

En aquella época, los baños se hacían muy lejos de la casa, se hacía un hoyo profundo, después se hacían pequeñas paredes, como una caseta para que no lo vieran a uno.

Aquella noche llena de estrellas y luceros, Ana se levantó con la ganas de ir al baño, pero no fue al baño. Decidió hacer sus necesidades en el patio de la casa, desde ese entonces, jamás se le volvió a ver.

El esposo al regresar, se preocupó tanto, no encontraba a su esposa. La buscó de día y de noche, en las aldeas más cercanas, nadie la había visto, nadie sabía nada y era imposible que la encontraran algún día.

Pasado el tiempo, aquella mujer regresó al que era su hogar, avergonzada, con la piel llena de pelos en todos lados y con un niño de aproximadamente 6 años.

Sin poder explicar a detalles las cosas que habían ocurrido, ella le contó a su esposo quien se cansó de buscarla y la dio por muerta, algo que aquel día, dejaría sorprendido a él y a todos aquellos que escucharan la historia.

Aquella noche, después que su esposo se había ido, ella salió a orinar en el patio de la casa, en eso un hombre se le acercó y ella le preguntó: ¿acaso no fuiste a trabajar? Él le respondió: "ya no fui, decidí regresarme, porque pensé que sería mejor venir a dormir contigo".

Así fue, ella realmente estaba con los ojos medio cerrados, la voz parecida a la de su esposo, la abrazó y se fueron a la cama. Cuando ella despertó estaba en una cueva, lejos de cualquier civilización.

Apenas una rajadura en la cueva, dejaba entrar un rayo de luz. Ella podía ver qué saliendo de aquel lugar, estaba un arroyo, luego un pequeño camino y después una gran selva. No había escape y no sabía donde estaba.

Cada día el hombre llegaba a dejarle comida, eran heces de animal y animales muertos. Era lo único que comía. Ella pedía a gritos que la sacaran de aquel lugar tan oscuro, pero aquel hombre no le hacía caso. Cada vez que la dejaba, aquel hombre sellaba la cueva con una enorme piedra.

A los nueve meses de estar encerrada en aquella cueva, su piel se había llenado de pelo. Debido al frío que había en aquel lugar, su cuerpo trató la manera de buscar cómo protegerse del frío. No habían cobijas ni chamarras, mucho menos cama. Para recostarse y dormir, usaba una piedra laja.

En aquella noche, ella dio a luz, era un varón. No hubo comadrona que asistiera el parto. Entre gritos y llanto, dolor y desesperación. En aquella cueva tapada por una piedra enorme, aquel hombre que la había llevado a aquel lugar, solo la había dejado a la merced de su suerte.

Así pasó el tiempo, años encerrada en aquella cueva, sin poder salir, sin ver el sol nuevamente, sin sentir el calor del medio día, sin contemplar el amanecer, ni el atardecer. Las noches eran de día y los días eran noches.

Aquel hombre que la había encerrado era nada más y nada menos, aquel que habitaba en aquella cueva, aquel que se llevaba a las mujeres bonitas y las encerraba ahí. Ella era la única que había corrido con suerte de sobrevivir. Sus ganas de salir de aquel lugar, la hicieron esperar a que algún día, aquel hombre que la tuviera prisionera, la dejara ir.

Un día unos cazadores escucharon los llantos y gritos de aquella mujer desesperada, trataron de quitar aquella enorme piedra, pero no lo lograron. El hombre de la cueva llegó y los desapareció a todos. Nunca se volvió a escuchar los ladridos de los perros o las voces de los cazadores.

Aquel niño que dio a luz, fue creciendo. Era fuerte y su sed de salir de aquel lugar eran insaciables. Cuando se dio cuenta que su madre estaba encerrada y aquel hombre que decía ser su padre los dejaba encerrados con aquella enorme piedra, trató de moverla.

Cada día, cuando la pequeña luz se colaba entre las rocas, el niño comenzaba a probar suerte, quería mover la piedra. Así pasaron los días, semanas, meses y unos cuantos años.

Al fin de tanto intentar, el hijo de aquella mujer pudo mover la piedra. Así fue como él y su mamá, escaparon de aquella cueva, la cueva del negro cimarrón.

Al llegar nuevamente con su familia, ella trató de explicar lo que había pasado. Poco a poco se le fueron cayendo los pelos de la piel nuevamente y fue reconocible, pero aquel niño, seguía cubierto de pelo y con una cola que lo diferenciaba de los demás.

Su esposo la aceptó nuevamente y vivieron juntos otra vez. Ahora le advertían a mucha gente que tuvieran cuidado, que no dejaran solas a sus esposas, porque si no, se las podía llevar el negro cimarrón.

FIN

LAS MULAS DE DON JUAN NO

Muchos dicen que se escuchaban los pasos de las mulas por las noches. Siempre era a eso de las doce de la media noche. Antes de que los relojes existieran, se decía que era media noche, cuando la luna llena estaba a la mitad del cielo estrellado.

Aquellos que lo habían escuchado, decían que se dirigían a diferentes lugares. Yendo por aquí y yendo por allá, tomando el camino real, pasando por los barriales o yendo por allá abajo cerca del plan.

Esos eran los caminos que tomaba. Otros dicen que se dirigía primero al cementerio o a las lomas de las aldeas.

Decían que las mulas iban muy cansadas en la subida, siempre llevando aquellos costales de color marrón, los cuáles con la luz de la luna, se podía observar el reflejo y el brillo de lo que llevaba en ellos.

Quien quiera que haya sido y que haya hecho el pacto con Juan No, recibía su visita por las noches. Dicen que lo habían visto, mientras llegaba a dejar los costales con monedas de plata o de oro, a las personas que desesperadas habían hecho pacto con él. El pacto lo habían hecho allá abajo en el cementerio de Cantzún o en los otros cementerios a la media noche. Otros dicen que había una cueva allá en el volcán y otros dicen, que el pacto lo hacían en la Piedra Partida. Aunque muchos dicen que lo habían encontrado en lugares encantados.

Cada noche había alguien que le daba un hijo como ofrenda o como pacto, para recibir unos cuantos costales de oro o de plata. Dicen que el día que él quería, se llevaba a aquel por el que habían hecho el pacto.

Juan No, siempre llevó consigo a dos mulas, en una iba montado y en otra llevaba dos costales con monedas.

Mi abuelo cuenta que el conoció a un señor, él hizo un pacto con Juan No, se hizo de muchas propiedades, casas, terrenos, etc. De la noche a la mañana tuvo dinero. Al año que había hecho tantas cosas, uno de sus hijos falleció en un accidente cuando iba para la capital. Así cada uno que hacía pacto con Juan No, tenía dinero, pero era temporal, porque incluso antes de morir se enfermaba y tenía que venderlo todo.

No salgan por las noches, no sea que les aparezca Juan No, dijo esa noche mi abuelo, mientras terminaba de cenar y se fue a la cama a dormir.

FIN

LA LLORONA

Aquella noche, un llanto se escuchó. Era tan sensible a los oídos. Un llanto fino, mientras dormíamos, aquel llanto se escuchó que salió de allá de las pozas, en el otro extremo del campo de fútbol. Nadie se atrevió a salir. Mi mamá y un mi tío dormían aquella noche con nosotros.

Mi papá trabajaba en algún lugar de albañil. Casi solo llegaba a cada ocho o quince días, luego se iba nuevamente a trabajar.

Aquella noche, antes de irnos a dormir, salimos a orinar, había luna llena, apenas había comenzado a salir por allá arriba del cerro Timbal, se contemplaban las estrellas y luceros en el firmamento.

Aquella noche mientras dormíamos, quizá eran las doce, la una o talvez me había equivocado y apenas eran las once de la noche, La verdad no lo supe y nunca lo sabré, no había reloj alguno para ver la hora.

Mientras aquel llanto se escuchaba tan lejos, poco a poco se iba acercando, yo solo recuerdo haber abrazado mi almohada, metí mi cabeza entre las chamarras y traté de no escuchar nada mientras pasaba por la ventana.

Al siguiente día, escuché a mi mamá contándole a mi abuelo lo que había escuchado, Ella también hizo lo mismo que yo, solo que ella había abrazado a mi hermana recién nacida.

"Se escuchaba lejos, luego se fue acercando, pasó por enfrente de la casa y como que se fue para allá donde las galeras de los caballos", dijo mi mamá.

"Cuando se escucha lejos, es porque está cerca, y cuando se escucha cerca, es porque está lejos. Además no hay nada que temer, porque aquella que ustedes escucharon, no es nada más y nada menos que aquellas mujeres que están casadas por la iglesia y no son felices. Son aquellas mujeres que de noche lloran, porque sus maridos les pegan, las engañan o no viven bien." Dijo mi abuelo.

Años después escuché que a aquella mujer le llamaban La Llorona, era un alma en pena que espantaba, que se llevaba a las personas, que era la mala hora, etc. Pero me quedé con la explicación que mi abuelo me había dado, porque muchos decían que buscaba a sus hijos gritando "Hay mis hijos", pero eso solo lo habían inventado para asustar a la gente.

Después de aquella noche, no se volvió a escuchar nada y nunca más lo volvía a escuchar en mi vida, solamente en historias que muchas personas contaban.

FIN

EPÍLOGO

La niña que se enamoró de la luna

Cada noche, ella esperaba con ansias, que aquella brillante y enorme bolita redonda apareciera en el cielo. Era como una bolita de algodón rodeada de lucecitas brillantes.

Llevaba más de tres días de no haberla visto. La última vez que la vio, fue cuando salió de la cocina a darle de comer a su perro, su perrito bonito, al que le llamaba osito. Era una niña muy especial desde el primer día que nació. Amaba la música y el sonido de las cuerdas de la guitarra de su papá. Le encantaba tocar las teclas del teclado que tenían en la casa. Su papá no era músico, pero quería cantarle canciones, de cuna o de amor.

Tres días seguidos, no era posible. Estaba inquieta, a su corta edad, 5 años, eran suficientes para querer jugar con aquella brillante luz que se colaba por los árboles, que estaban arriba de su casa. Quería alcanzarla, brincaba de alegría queriendo tocarla con las manos.

Algún día construiré una escalera con pedazos de madera para alcanzarla. Cuando crezca daré el brinco más alto hasta tocarla. La alcanzaré para ir allá con mi papi y llevaré a mi hermanita decía ella. Aunque después de saltar de alegría queriendo tocarla, terminaba llorando.

"No importa donde esté yo y donde esté usted, lo más importante es que vamos a estar contemplando la misma luna", fueron las palabras de aquel hombre que ella amó primero. Aquel que le enseñó que las verdaderas princesas existen.

"Yo quiero llegar hasta la luna para poder verlo", eran las palabras que decía cada vez que hablaban por teléfono.

"Se recuerda papito que juntos mirábamos la luna, yo quiero que estemos juntos otra vez y entre los dos la vamos a alcanzar", era sus palabras cada día de luna llena.

Ella fue creciendo cada día con la esperanza de alcanzar la luna. Ojalá y un día pudiera ser astronauta para poder alcanzar aquella hermosura que siempre ha amado con tanto anhelo y esperanza. La luna le recuerda las noches incansables que se la pasaba jugando hasta quedarse dormida, esperando a que su papá volviera de allá de un lugar el que le decían el norte.

FIN

ACERCA DEL AUTOR

En el año 2018 comenzó un sueño, el hecho de buscar durante mucho tiempo un manera de poder publicar su primer libro. En diciembre de ese año, el sueño se hizo realidad al publicar La Idea de Soñar en Grande, uno de los libros más vendidos de su colección. Libro que le abrió la puertas para darse a conocer como un escritor.

Su primera conferencia en el año 2019 en la ciudad de Grand Island, Nebraska, le dio la oportunidad que tanto había buscado, presentándose junto a dos grandes escritoras en aquel momento. Después fue invitado por la High School de Omaha, Nebraska, para poder hablarle a los jóvenes que habían llegado de países como El Salvador, Honduras, Nicaragua y México. Los instó a que siguieran sus sueños. Así mismo hablar con padres de familia, le abrió más puertas, para que ese mismo año viajara a Las Vegas, Nevada y California a presentar sus libros.

Fue invitado al Festival Latino en San Diego, California, donde compartió con muchos escritores de latino-américa. Ese mismo año, obtuvo el segundo lugar en un concurso de poesía, llevado a cabo por el Instituto de Cultura Peruana en Miami, Florida.

Después de su primer libro, en 2020 ha publicado dos libros más: Azares del Destino (La historia de un poeta) y Corazón de León, Corazón de Poeta.

Belisario Baltazar, es oriundo de Nueva Esperanza, Tejutla, San Marcos, Guatemala. Actualmente radica en Nebraska, Estados Unidos. Ha obtenido varios reconocimientos a lo largo de su vida, pero del que más le gusta hablar, es del reconocimiento que las personas le han dado como escritor, al poder ser un ejemplo de superación para las demás personas.

AGRADECIMIENTOS

A Dios por haberme dado el don de la narrativa, es difícil pero no imposible, llegar a todos aquellos que han estado esperando un nuevo libro y gracias a Él, al final, se hizo realidad.

A mis padres: Rodrigo Baltazar y Arminda Barrios, porque siempre han querido que sus hijos brillen como las estrellas en el cielo. Por que cada Navidad oran, para que sus hijos sean personas de bien y puedan poner el apellido de ambos en lo más alto.

A mis hijas: Emelyn y Mikeyla Baltazar, las mujeres que me han inspirado, las cuales son uno de mis motores principales y la razón por la cual me levanto cada día a trabajar por un futuro mejor para ellas.

A mis abuelos: Ellos han sido parte fundamental en el desarrollo de mi libro. Sin aquellas sabias palabras, sin aquellos cuentos y sin aquellas noches o tardes junto al fuego, no hubiera sido posible esta obra.

A mis hermanos, tíos, primos, y demás familia: Gracias por el apoyo que me han brindado.

A usted que ha leído mi obra: Gracias infinitas, porque me brindó su tiempo para poder leer aquello que un día cuando yo era niño me entretenía. El haber adquirido mi obra me honra con su tiempo.

A mis amigos: porque han creído en mi.

ME GUSTARÍA ESCUCHARLO

¿Tiene alguna duda o consulta, comentario o cualquier otra inquietante que quiera resolver?

Comuníquese conmigo, con mucho gusto le estaré respondiendo. Al mismo tiempo le invito para que se suscriba a todas mis redes sociales.

Estamos en la era de la comunicación, si desea que lo acompañe en un evento que vaya a realizar su empresa, usted, su comunidad, su escuela o su colegio, no dude en contactarme, estoy a la orden para poder inspirar a las demás personas.

Correo electrónico: Jbaltazarb@gmail.com

Web: www.belisariobaltazar.com

Redes sociales como: BelitoB o Escritor y Poeta Belisario Baltazar

www.ingramcontent.com/pod-product-compliance
Lightning Source LLC
Chambersburg PA
CBHW050757250626
47155CD00005D/2113